T0000419

Qué hacer con estos pedazos

Piedad Bonnett

Qué hacer con estos pedazos

Papel certificado por el Forest Stewardship Council®

Primera edición: marzo de 2022

Printed in Spain – Impreso en España

ISBN: 978-84-204-6134-2
Depósito legal: B-810-2022

Impreso en Unigraf, Móstoles (Madrid)

A L 6 1 3 4 2

El infierno son los otros.

Jean Paul Sartre, *A puerta cerrada*

El infierno soy yo
y aquí no hay nadie.

Robert Lowell, «La hora de las mofetas»

Mejor aún. Pregúntate «¿quién demonios eres?».

Susan Sontag, *Diarios*

I

1

A veces basta tirar una piedra sobre un tejado para que una casa se desmorone. Emilia vio entrar a su marido con el que debía ser un maestro de obra, o un pintor o un plomero. Toda la vida él se ha ocupado de las reparaciones, algo que ella agradece y también odia, porque siempre es sin aviso, mañana empiezan a pintar la casa, la semana entrante vienen a mirar esas humedades. Podrías preguntarme, ¿no?, protesta Emilia todas las veces. En esta oportunidad ella sólo comprendió de qué se trataba cuando el maestro se fue y el marido entró a su estudio con cara triunfante y le anunció que estaba pensando remodelar la cocina. Remodelar la cocina puede ser el fin del mundo, gimió Emilia, abriendo a la vez los ojos y la boca, y empezando a argumentar, vacilante por la estupefacción, que a ella su cocina le encantaba, que esa madera era finísima, que le gustaba ese aspecto viejo de los aparadores, ese aire de lugar usado, que ellos no necesitaban una cocina nueva, que era un gasto innecesario, pordiós. Pero él quería tener una cocina moderna, como la de su hermano, donde poder cocinar con agrado, poder moverse cómodamente. Pero si tú no cocinas, cocina Mima, suplicó Emilia, anticipándose a la derrota. Y la derrota la avasalló, como tantas veces, culpable como vive del deseo que la domina desde hace un tiempo de no hacer sino lo que le dé la gana, lo que no la incomode.

Y ahora incomódate, eran las palabras que se podían leer en el estandarte que el marido acababa de clavar en la arena del ruedo. Y Emilia agachó el lomo.

Acordaron que en quince días empezarían a desmontar la cocina vieja, y para ese entonces todos los muebles de la sala deberían estar cubiertos, para protegerlos del polvo, y los objetos a buen recaudo, no sólo para que no se dañaran, dijo el marido, sino para quitarles cualquier tentación a los obreros. Pero si nada tiene demasiado valor, había argumentado ella, dudosa, echando un vistazo a la multitud de chécheres sobre las mesas y en los anaqueles de la biblioteca, tan profusos y disímiles que, ahora que los veía como si acabaran de aparecer conjurados por el genio de la botella, parecían puestos para la venta en una feria de antiguallas. Que tal vez fuera la ocasión de salir de muchas cosas, dijo él, y de paso salir de tanto libro que ya leíste o que ya no vas a leer. Emilia lo miró a los ojos, desafiante, posando de ofendida. A ti qué te van a importar los libros, habría querido decirle. O ¿tú crees que los libros son para leerlos una sola vez? Pero no dijo nada porque la relación de ella con sus libros también es ambigua, problemática. Porque a los veinte, una biblioteca es una ilusión, a los cuarenta un lugar de plenitud y a los sesenta un recordatorio permanente de que la vida no te va a alcanzar para leerlos todos.

Eres una acumuladora. Una obsesa. A ver, ¿cuántos de estos de verdad te has leído? A pesar de la exasperación de su marido, Emilia sigue comprando libros. Historia de la religión. Novelas. Algo de poesía. Estudios especializados sobre medio ambiente, sobre violencia urbana, historietas gráficas. Cuando llegaron a vivir aquí los ordenó por género, y algunos hasta por temas y por orden alfabético. Pero desde hace unos años empezó a insertarlos aleatoriamente, o a apilarlos sobre una mesa bajo el rótulo invisible de «no leídos». Pero no leídos son muchos otros de los que están en las estanterías. A veces se acerca a aquellas pilas, las revisa, vacila entre si ordenarlos o leerlos, y decide siempre lo mismo. Porque ¿cómo pierde cuatro horas poniéndolos en su sitio, si en ese tiempo puede leer cien páginas? Se antoja de alguno, lo empieza a leer de manera urgente, para luego dejarlo muchas veces por la mitad. Por aburrición. Por avidez de leer otro. Porque un viaje. Porque en realidad quisiera leerlos todos al mismo tiempo.

Cuando se fue de la casa de sus padres, a los veintidós, Emilia se llevó un puñado de libros y los ordenó con delicadeza en una repisa de su cuarto. Eran los que había comprado con su mesada, o sea con la plata de su papá. Libros que él jamás habría querido leer. Por provenir de esa fuente monetaria, a ella le parecía que tenían algo de espurio: pequeños hijos bastardos que había comprado con amor pero sin esfuerzo. Todavía recuerda el día que le pagaron su primer sueldo y de regreso a su casa paró en una librería cercana y trató de escoger tres o cuatro que no le costaran mucho, luchando contra su avidez, su inseguridad, su miedo. Porque cuando se es pobre da miedo comprar libros: exponerse al fracaso, a la frustración, al arrepentimiento. *Una muerte muy dulce*, de Beauvoir; *El hombre sin atributos*, de Musil, y otros dos títulos que ya no recuerda fue lo que se llevó a su casa, palpándolos como hacía con los libros de texto del primer día de colegio cuando era una adolescente. Por ahí, en algún lugar, deben estar todavía, en esta enorme biblioteca caótica que algún día terminará despedazada, vendida por kilos, con suerte como parte de alguna institución barrial. Su amiga Laura le dijo una vez, como un chiste: dónala antes de morir para que tu marido no se dé el gusto de regalarla. Y sí. Pero ella quiere creer que su muerte aún está lejos.

Tu estudio parece un campamento guerrillero, dice el marido cada tanto, y ella aprieta los labios y sube los hombros, medio sonriendo, una manera de aceptar y de excusarse al mismo tiempo. Sí, lo reconoce. Ella, la estricta, la ordenada, la exigente, puso un día uno de sus libros fuera de lugar. Y luego otro, y otro. Y en la gran mesa del estudio vació cualquier noche todas las tarjetas que le habían ido entregando a lo largo del territorio nacional y en sus viajes de trabajo al exterior, con el fin de hacer pronto una selección, pues aunque su deseo habría sido tirarlas todas a la basura, tenía el temor de descartar alguna importante, que luego le pesara haber botado. Y ahí están, hace ya meses, primero como presencias incriminadoras, luego como objetos inocuos con los que todavía puede convivir. Todavía. Del tablero de corcho que tiene al lado del escritorio cuelgan docenas de post-it, limpiar el computador, renovar Skype, con nombres y teléfonos, muchos de los cuales ya no sabe a quién corresponden. Y las revistas que recibe, de salud, de medio ambiente, literarias, han ido formando una pila en un costado de la mesa auxiliar. Aquel caos le clava un peso en la nuca, pero nunca acaba de desterrarlo. Hace de vez en cuando barridos y limpieza, pero siempre hasta un punto, porque el tiempo y la energía no le dan para llegar al final. Porque no puedo perder horas y horas sólo en despejar territorio, se dice. Con tantos libros por leer. Tantos viajes que hacer. Tantas crónicas que escribir.

¿Qué diría un psiquiatra del caos que ella ha ido sembrando en su territorio de seis metros por seis? ¿Que es una metáfora de su propio caos? ¿Depresión? ¿Resultado de su obsesión por el trabajo? ¿Un síndrome de evasión? ¿Mera inercia? ¿Simplemente una muestra de cuáles son sus prioridades? ¿Una agresión velada contra sí misma o contra los otros?

Piensa en su hermana. Más precisamente en el jardín de su hermana, simétrico como ella, calculado en sus ritmos y en sus tonos, admirable en su esforzada belleza, el lila de las hortensias dando paso a las lantanas multicolores, mínimas, humildes como las margaritas, el blanco y el amarillo contra el muro por donde trepa la enredadera con sus ipomeas azules, volátiles, y en el rincón pedregoso las orquídeas con sus bulbos carnosos, todo eso señalado y nombrado por Angélica con orgullo de madre. Mira el magnolio, Emilia, todo florecido, y en noviembre, y ella, repíteme los nombres, admirada y feliz de las palabras, de su música, lantanas, ipomea, magnolio, pero sobre todo de que algo se ha encendido en su pecho, quiero tener un jardín así, dedicarle tiempo y entusiasmo, ver cómo las plantas crecen todos los días. Pero será en otra vida, bromea la hermana, porque a Emilia las plantas se le mueren, todas, las salvajes y las delicadas, las de sol y las de sombra, salvo sus violetas de los Alpes que se las cuida Mima, que tiene mano bendita. Su hermana tiene todo bajo control, como su jardín, y Emilia la envidia por eso.

2

De un tiempo para acá le cuesta mirar el celular cuando se despierta. La agobia. Porque la obliga a mirarle la cara al día, porque le recuerda tareas, porque le hace toparse con la estupidez humana. En realidad, Emilia desea cada vez menos el mundo de afuera. En la burbuja plácida de su trabajo en casa encuentra una plenitud que le basta para su día a día. Por eso dilata el gesto de extender la mano, a pesar de que suena una y otra vez el timbrecito inquietante de los whatsapp. A esta hora —no le queda duda— ha de ser su hermana.

Por qué siempre WhatsApp, se pregunta. Por qué ya nadie se toma el trabajo de hacer una llamada. Ni ella misma. Para protegernos del otro, claro. De la voz ajena, que siempre intimida. O de la aburrición que nos causan los saludos formales, los detalles, los preámbulos y los epílogos. Y sin embargo, aun en esa forma simplísima que crea el lenguaje de WhatsApp podemos percibir tonos y estilos. Su hermana, por ejemplo, se expresa a través de preguntas: cómo amaneció, qué va a hacer hoy, ya habló con papá, dónde puedo comprar arándanos. Pero también suele contar tragedias: una muerte, un accidente, un robo en su edificio, la enfermedad de algún pariente, de un cantante, de un político. En Bogotá o en Hong Kong. Historias divertidas, pero no para su hermana, que a veces las cuenta grosso modo, pero a veces incluye detalles sentimentales, deteniéndose en ellos. Porque para su hermana la compasión es la atalaya desde la que mira a su alrededor. Podría decirse que sólo simpatiza con alguien si existe la posibilidad de que le cause lástima. Los demás son canallas en potencia.

Hace un esfuerzo por concentrarse en el periódico. Otra vez marchas, lee. Sin identificar el cadáver del hombre al que le estalló granada. Federer llega mañana. Entonces, mecánicamente, como si recordara que la realidad de afuera la está esperando, extiende su brazo y echa un vistazo rápido a su celular. Un mensaje es de una amiga española, otro de una oenegé. No los abre. El más reciente es de Angélica.

Cada vez que puede, Emilia trata de diluir la tendencia al dramatismo de su hermana con el ácido corrosivo de su humor. Y ahora quién se murió, la saluda a veces por el teléfono. Pero hoy esta broma no tiene sentido: con mi papá en la clínica, lee. Parece un accidente cerebrovascular.

Con quién chateas a esta hora, pregunta el marido, tapándose la cabeza con la cobija.

Con el día que tenía hoy. Aunque no conoce a nadie que se enferme o se muera el día que toca. Todos los entierros obligan a cancelar una cita médica, una reunión de trabajo, un almuerzo que nos ilusiona. O llueve, y la gente termina empapada al salir de la iglesia. Salvo en el caso de su madre, que se murió el día preciso, un sábado por la mañana y en la tranquilidad de su cama, sin hacer ruido ni molestar a nadie.

Ojalá no sea nada, piensa, sintiéndose culpable de su malestar, de su disgusto. La empleada de su padre siempre llama a su hermana. ¿Por qué? Tal vez porque la ve siempre más dispuesta. ¿O más desocupada? Puede ser. Su hermana, que enviudó hace cinco años, no sólo se trasladó muy cerca de la casa paterna para cuidar de los viejos, sino que anticipó su retiro para ayudar con el cuidado de su madre cuando su salud empezó a deteriorarse. Se apoderó de ella. La bañaba, la embadurnaba de cremas, la vestía con cuidado maternal y la sacaba a tomar el sol, con una dedicación que su madre premió con la predilección y el apego que antes nunca parecía tenerle. Cuando la anciana murió y los días vacíos de tareas agobiantes se alargaron como un enorme bostezo, su hermana sucumbió al vértigo del sinsentido. Y entonces quiso concentrarse en el padre. Pero este la apartó a fuerza de ensimismamiento, y no le quedó más remedio que ir creando rutinas amables, que le dejaron, sin remedio, mucho tiempo libre. No como Emilia, que no tiene nunca un segundo, que siempre está cumpliendo un plazo con sus artículos, tengo que entregar en dos horas, o viajando a esos lugares remotos a donde la envía la revista o a donde ella escoge ir a hacer sus reportajes de vez en cuando.

Tendrías que parar, le dice el marido, más como un reproche que como un consejo. ¿No ves cómo te enfermas? Y cuando llega de viaje la espera la pregunta inevitable: ¿valió la pena? Ella contesta, como deshaciéndose de su abrigo: claro que sí. A veces, cuando está de mal humor, agrega, cortante: y mucho. Hace unos años contaba pormenorizadamente qué había hecho. De un tiempo para acá, sin embargo, la vence el desgano.

Voy para allá, contesta Emilia y no pregunta más porque no quiere saber detalles. Aunque ahí, debajo de la ducha, no haber preguntado la llena de fantasías aterradoras. Sin habla, tal vez. Paralizado de medio lado. Conociendo solo a medias. Angustiado, lleno de miedo, con los ojos suplicantes.

O muriendo.

No. No puede ser que su padre se vaya a morir ahora. Esa opción no la había contemplado. Pero si se puede morir ella, a sus sesenta y cuatro años, como se murió su amiga Ingrid, a la que un aneurisma se la llevó en dos días, por qué no se va a morir el padre ya en los ochenta y seis, tan gordo que está, tan acezante, con ese silbido de llave mal cerrada que hacen sus pulmones cuando camina. Apenas esa idea cruza por su cabeza, el pensamiento mágico empieza a jugarle una mala pasada: hace tan sólo tres días le avisaron que está entre los finalistas del premio de crónica, y algo tan bueno tenía que tener el contrapeso de alguna desgracia. Cierra la ducha llevada por un terror repentino y al mismo tiempo avergonzada de su estupidez supersticiosa, y se seca en minutos. Al salir se tropieza con el marido que va hacia el baño, todavía soñoliento, el pelo escaso pegado al cráneo por el sudor nocturno. Emilia le explica brevemente lo que está pasando y él bosteza y pregunta, mascullando, ¿quieres que te acompañe?, en un tono que permite comprender que no va a hacerlo.

Mientras se viste mide el dolor. Sí, está ahí, pero todavía de una manera solapada, sólo anunciándole: no creas que te vas a salvar hoy. Es apenas una pulsión, un latido casi imperceptible, un recordatorio que se insinúa con cierta elegancia. Se toma un analgésico con el café, agarra su bolso, sale. El cielo brumoso oculta los cerros y la llovizna activa los limpiabrisas. En el tablero la aguja de la temperatura señala nueve grados. Maldito frío. Maldita ciudad. Maldito día.

En la clínica, a la que entra con esa prisa tensa del que espera las peores noticias, no ve las caras espesas que creía que iba a encontrar. Por el contrario: su hermana, que con frecuencia se ve ceñuda, tiene una sonrisa ligera. Y también su padre, siempre tan lacónico, luce extrañamente eufórico, enfatizando que no es nada grave, por fortuna, aunque el brazo tiene todavía una cierta pérdida de tono. Una astenia, explica. El médico les ha dicho que se trató de un accidente isquémico transitorio, pero que lo retendrán en la clínica hasta el día siguiente para hacerle exámenes más profundos.

¿Ya Luciano sabe? la pregunta la hace en un susurro.

No hay necesidad de contarle, contesta su hermana. No lo preocupemos.

Esta vez no fue, piensa, aliviada. Lo mismo que deben estar pensando su hermana y su padre. Ofrece quedarse acompañándolo mientras Angélica va a desayunar, pero cuando esta sale siente que le cae encima el peso abrumador de la intimidad. Su padre está recostado en la camilla, con una bata de enfermo verde agua que deja ver parte del pecho lampiño, blanco y liso como vientre de pez, y la piel cárdena y erizada del cuello. Un pie calloso, de uñas duras, sobresale de la cobija liviana. Nunca ha visto a su padre desnudo, porque en su familia pudibunda la desnudez estuvo proscrita siempre. Tápate, Emilia, le ordenaba su madre si la veía deambular por la casa en la piyama que delataba sus formas. Tampoco vio la desnudez de su madre hasta que, ya anciana, enfermó para morir. En las visitas al médico Emilia se familiarizó entonces con aquel cuerpo menudo, un atadito de huesos debajo de los pliegues de piel colgante, que dejaba transparentar una red de venas azules allí donde ella ni siquiera pensaba que existían. Vencida por sus dolencias, la madre se había rendido por fin sin aspavientos al contacto visual que siempre evitó y a la ayuda de las manos de sus hijas. En los últimos días de su vida, el deseo de que esas manos la tocaran les había resultado conmovedor y también difícil. Porque su madre no había sido nunca pródiga en caricias.

Al entrar, Emilia le había puesto al padre una mano en el hombro, como para reforzar la incondicionalidad de su presencia, pero la había retirado inmediatamente, movida por la costumbre familiar de no tocarse. Ahora, encerrada con él en aquel pequeño espacio, se ve obligada a las palabras. Entonces, aunque ya oyó de labios de su hermana el recuento de los hechos, vuelve a indagar por ellos. Porque una narración —cualquier narración— es algo que siempre derrota el vacío, que crea un vínculo o sostiene el que todavía existe.

Jamás ha tenido con su padre una conversación íntima. Apenas sus hijos se hicieron adolescentes, él, como tantos varones asustados de evidenciar sus fracturas y desconciertos, tomó distancia de ellos. Más tarde, y durante años, la comunicación fue sólo sobre cosas puntuales, cotidianas. Finalmente, cuando la cabeza de la madre empezó a perderse, Emilia, inhibida frente al silencio pesaroso que se adensaba en la sala como si todos estuvieran buceando en un mar sin fondo, se propuso entretenerlo en sus cortas visitas con anécdotas de sus viajes o con comentarios de las noticias, pero sin dejar de estar apertrechada detrás de una prudente pared protectora, porque ella seguía temiendo el carácter de ese padre recalcitrante, a menudo colérico, amigo del orden como todos los que tienen miedo de que el mundo se descarrile.

Sentada en ese cubículo incómodo y en medio de olores metálicos, piensa en lo poco que sabe de su padre. Muy de vez en cuando él hace mención de algún hecho de su pasado, pero de manera fugaz, como mera referencia para iluminar algo del presente, y como si temiera que al detenerse en el recuerdo pudiera quedar prisionero de la nostalgia. Durante años a Emilia nunca se le ocurrió que podía atar los cabos sueltos de esa vida, y ahora ya no quiere preguntar, temerosa de que pueda sentir que ese interés repentino se debe a que vislumbra que su muerte está cercana.

3

Cuando vuelve de la clínica va directo al clóset de su estudio y busca el pequeño casete, con inquietud por no encontrarlo. Pero allí está, en medio de un centenar de grabaciones. Lo pone a andar en la grabadora vieja, la de sus tiempos de reportera novata, y lo que oye es una voz joven, firme como una cuerda extendida, muy distinta de la afónica que tiene ahora su padre; una voz que a él mismo debe sorprenderlo, pues ya casi no la usa. Porque con Maruja poco habla. Y, que Emilia sepa, su padre ya no tiene ningún amigo.

El relato no fluye; se articula con una dificultad que pareciera nacer de una memoria inconstante, aunque Emilia descubre que esa vacilación no es otra cosa que escepticismo sobre su propia narración. Y timidez: a su padre nunca le gustó hablar de sí mismo. El padre, la madre, los hermanos, las pérdidas, todo va emergiendo como en un espectáculo de sombras, leve, lejano, sin relieve. Un mundo fantasmagórico que se hace un poco más concreto cuando dice que le gustaba la zarzuela, pero que hace años que ya no viene ninguna. Emilia siente que esos datos escuetos son el muro de contención del que se vale su padre para impedir que se desborden las emociones, los dolores de la orfandad, quién sabe qué incertidumbres o sueños postergados.

¿Cuántos años tendría Pilar cuando le hizo a su padre esa entrevista para el colegio? ¿Doce, tal vez catorce? Mientras oye cómo pregunta la voz infantil, sin duda apoyándose en un libreto que ha preparado, la invade un extraño dolor: piensa que la vida pasa, que está pasando vertiginosamente. Que así como no tiene una idea muy clara de quién fue su padre, de su hija, que ahora tiene un trabajo en Chicago, sabe también cada vez menos. Aunque ha descubierto el ojo de la cerradura por la que puede escudriñar su vida: Emilia no frecuenta Facebook, pero le sirve para saber que en el fin de semana Pilar y su familia estuvieron en la playa. Qué comieron y dónde. Que llueve y anoche hubo tormenta. Si está triste o alegre, o si tiene la malparidez alborotada. Que fue a la ópera. Que tiene un jefe nuevo. Por Facebook su hija se va constituyendo de cara al mundo, y en ese rompecabezas la ficha de Emilia no está por ninguna parte.

Pilar no llama casi nunca, pero Emilia tampoco. Se la imagina siempre muy ocupada con sus entrenamientos tempraneros, o haciendo sus informes económicos, en reuniones larguísimas, en almuerzos de trabajo. Estoy en medio de... Sí, desde hace años Pilar siempre está en medio de. Desde cuando todavía vivía con ellos. En medio de una tarea, de una llamada, a punto de salir para una fiesta. Por eso Emilia sólo le pone mensajes de WhatsApp, que Pilar no contesta o contesta muchas horas después.

Hola, Pilar, cómo vas. Dime: ¿qué querría Sara de regalo de cumpleaños? ¿Pilar? Déjame le pregunto, contesta, por fin. Te llamo y te cuento. Pero no llama. O llama cuando ya no. Emilia vacila sobre si avisarle que su abuelo está enfermo. No me llama a mí, piensa, qué va a llamarlo a él.

Emilia llamaba todos los días a su madre. Aunque, si lo piensa bien, sólo lo hizo con cierta asiduidad cuando esta empezó a hacerse vieja. ¿Pero qué es empezar a hacerse vieja? ¿Tener sesenta, setenta? Tiene claro, sí, que cuando su madre se convirtió definitivamente en una anciana vacilante, la llamaba por la mañana y por la noche. Qué haces llamando todo el día a tu mamá, le reprochaba su marido. Para ese momento las conversaciones con la madre se habían hecho cada vez más extrañas. Resultaba agotador mantener viva la comunicación, porque se había ido sustrayendo del mundo, de modo que atendía a los datos de la realidad exterior con cara de estupefacción, como un niño que recibe una orden que no comprende. Emilia tuvo que rendirse a la evidencia. Las preguntas de lado y lado se fueron convirtiendo en las mismas, pero su mamá no oía sus respuestas sino que seguía haciendo las suyas, cómo durmieron, tienes mucho trabajo, a dónde es que viajas, o hablando de la mañana lluviosa, de la mañana soleada, de cómo está oscureciendo de temprano. Jamás una queja, eso sí, porque fue una mujer de ánimo templado a pesar del dolor en los huesos, de sus insomnios, del peso del mal humor de su marido, que para entonces apenas si le dirigía la palabra. Y no porque no la quisiera, pensaba Emilia —aunque quién sabe qué es querer cuando se lleva tanto tiempo juntos— sino porque su cabeza siempre concentrada en otra cosa apenas si registraba la presencia de su mujer, a la que sentía tan naturalmente suya como la billetera en el bolsillo interior de su chaqueta. Para sentir que no estaba sola, cuando hablaba con sus hijas la madre hacía muchas preguntas. Porque preguntar es como tirar anzuelos a una laguna llena de peces: algo cae. Si Emilia lograba que hiciera una pausa, le contaba nimiedades, exagerando los hechos para tratar de divertirla, y repitiendo cosas que ya le había dicho pero que sabía que minutos después ya habría olvidado.

Antes de que la cabeza de su madre se empezara a convertir en un cuarto en penumbra lleno de trastos indiscernibles, Emilia instituyó la costumbre de salir con ella de paseo una vez a la semana. Porque por fin, después de años de no entenderse, habían dejado de pelear. Porque quería, después de tanto tiempo de estar concentrada en su propio mundo, dedicarle algo de tiempo. Porque si su madre moría, no quería quedar con culpas. Porque, al fin de cuentas, su mamá fue siempre una mujer inteligente y divertida, y había acabado por disfrutar de esos pequeños encuentros. Emilia escogía con cuidado que la comida fuera buena, pero también que las tazas fueran finas, las lámparas cálidas y las mesas sólidas, porque nada apreciaba más su madre que esos refinamientos que había tenido en su juventud pero que no le interesaban a su marido, con el que poco salía de casa. A veces su madre decía cosas extrañas, como que a ese lugar iba siempre de niña, o que esas jarras eran las de su mamá, pero eran tan sólo relámpagos de incoherencia, señales del mundo dislocado al que estaba entrando sin remedio. Una vez instaladas, sin embargo, casi siempre la charla cobraba rumbos firmes, se sostenía a pesar de la desmemoria progresiva de la madre, o tal vez debido a la misma, pues el recurso que empleaba Emilia era devolverla al pasado, indagar por su infancia, que la madre evocaba con fervor y detalles, contenta de poder nombrar días que, tal vez por lejanos, parecían casi siempre felices. Al despedirse daba siempre las gracias con un énfasis enternecedor, el de alguien al que le ha sido otorgado un sorbo de verdadera vida en medio de una cotidianidad insípida.

¿A qué hora nací yo, mamá? La madre contó que un jalón le arrancó un gemido y le dejó las piernas empapadas. Y que cuando le anunció a su marido, con voz incierta, que su hijo iba a nacer, este se alteró: imposible. Ese no era el día indicado. Ninguno le habría servido, comentó la madre, irónica y amarga. Así que llamaron a la comadrona, que la instaló en el cuarto del fondo, donde todo estaba preparado para el parto, y su marido salió a cumplir con su deber, porque tenía un trabajo nuevo y no quería que pensaran que era un irresponsable.

Emilia ve a su madre en una cama enorme, e imagina baldes con agua caliente y trapos empapados, como en las películas. Ella va a nacer, pero no nace. Los huesos de las caderas de la joven crujen, en la cintura el dolor está instalado como una barra candente, y dilata muy despacio, dice la comadrona, no es raro en las primerizas. Pero las horas pasan, los dolores arrecian, y la joven empieza a vomitar y a ver cosas extrañas, círculos demenciales y oscuridades por las que se desliza con una sensación de vértigo. El chico de los mandados corre a llamar al médico, las cosas no están saliendo bien y la madre ya no resiste un minuto más. Ahora grita sin pudor, el cuerpo helado, la frente hirviendo. Ya ha empezado a anochecer y la luz de la habitación le hiere los ojos.

Qué es esto, pregunta la madre, con esa cara atónita a la que vuelve cada tanto. Scones, mamá. Es-con-s.

Aquella palabra parece no decirle nada. Se lleva otro pedazo a la boca.

Nací enredada en el cordón, ¿verdad, mamá?

Naciste viva de milagro. Y te demoraste en llorar. Cuando tu papá llegó yo ya te tenía en los brazos.

Su padre. Su silencio, que ella en su infancia percibía como una amenaza.

También le contó la madre que, durante su luna de miel, cuando ella buscaba infructuosamente un baño mientras recorrían las calles del balneario triste que habían escogido para pasar una semana, su reciente marido le había dicho yo no te traje aquí a orinar.

¿Te traje? Emilia se había quedado con la boca abierta. Mamá, ¿por qué no te separaste?

Ay, Emilia, separarse...

¿Cuántos años tenías?

Dieciocho. Y, bajando mucho la voz: ¿sabes? Un día me dio una palmada por hablarle con ironía.

Una palmada. En la cara. Emilia oyó ese dato con verdadero pasmo. Pero cuando en otra ocasión quiso volver a hablar de aquella escena afrentosa, su madre, con ojos estupefactos y una sonrisa incrédula, negó el hecho. De dónde sacaste eso Emilia, por Dios. Ignorarla sí, decirle cosas hirientes, tal vez, pero pegarle, jamás. Sin embargo el cerebro de su madre ya era un magma que deglutía transfiguradas las imágenes de la memoria.

Dicen que cuando los recuerdos son muy remotos nos vemos a nosotros mismos como si fuéramos los personajes de una película o de un sueño. Emilia ve a una niña de cuatro o cinco años que hace unos minutos caminaba oronda, orgullosa del lazo azul rey que lleva en la cintura y de los rizos peinados con agua de manzanilla, pero que ahora se levanta del pavimento con la mirada velada y las rodillas rotas, mientras un hilo oscuro empieza a correrle pierna abajo y le ensucia las medias nuevas, hasta convertirse en un charquito marrón sobre la trabilla del zapato. La película sufre un corte, como cuando se iba la luz en el teatro y el público se remecía en los asientos y desataba su descontento en un murmullo. Cuando la reponen, la niña tiene la cara hinchada de llorar y el hombre que la lleva de la mano la suelta de repente, el brazo en alto, la cara afiebrada. La niña aprieta la mandíbula, tuerce el gesto, pero le siguen saliendo hipidos que trata de ocultar mientras otro chorro empieza a escurrirle por la pierna, caliente y vergonzoso, irreprimible, como los miedos de sus pesadillas.

¿Mi papá me pegaba mucho, mamá?

Tal vez se trate de su mente fantasiosa, de una sola vez que en su cabeza se convirtió en muchas.

La madre no responde. Como otras veces, su mirada parece concentrada en sus adentros, como si buscara allí algo que se le ha perdido.

4

Y allá terminó, en ese almacén resplandeciente donde exhiben cocinas de lujo. No le resultaba fácil escoger entre una enteramente blanca, otra gris con mesón negro veteado, otra de fórmica roja —como para gente más joven, opinó el marido— y muchas otras niqueladas, minimalistas, nórdicas, clásicas, todas muy caras, carísimas, aunque el marido le explicaría después que Rozo, el que ella llamaba maestro, en realidad era un antiguo trabajador de la empresa que fabricaba esas cocinas y que había puesto hace poco la suya propia y usaba los mismos herrajes, los mismos enchapes, todo idéntico, sólo que mucho más barato, le dijo. En un mes tendrían una cocina nueva, higiénica, llena de módulos adaptables, como la de su hermano, y ella iba a ver qué diferencia, qué comodidad y qué cambio.

Lo que su marido olvidaba, pensó entonces Emilia, es que ella no es amiga de los cambios. Si, se adapta, pero con una incomodidad que la vuelve irascible. Mucho menos que su padre, sin duda, tan dado a las rutinas y a la parálisis, razón por la que casi nunca salieron de vacaciones en familia, porque viajar era para él abrir una puerta a la incertidumbre, a la ansiedad, al malestar. Como a su padre, lo que le gusta a Emilia es la paz de *lo mismo*, pero para que *lo mismo* le garantice que sea ella la que pueda cambiar, para que su pensamiento pueda estar en movimiento continuo en *lo que quiere*, para que pueda hundirse como un hurón en la madriguera de sus obsesiones. Pero ahí había terminado, escogiendo esa fórmica color cacao-marrón-avellana, con el mesón negro veteado para que no contrastara tanto, y hasta entusiasmándose un poco; tal vez su marido tuviera razón, una cocina nueva puede ser una buena idea, un remozamiento necesario en medio de tanta rutina acumulada de años.

Voy a remodelar cocina, le informó el marido a su hermano por teléfono, como quien anuncia que acaba de comprar una hectárea en Marte. Lo dijo con ese lenguaje abreviado un tanto oficinesco y así, en singular, provocando en Emilia, que lo estaba oyendo, una pequeña mueca, mitad desprecio mitad sonrisa.

El hermano de su marido no había hecho otra cosa durante años más que imitarlo, punto por punto. De tal modo que si ellos iban a tal ciudad de vacaciones, el hermano lo hacía al año siguiente, o si compraban un asador, el otro se apresuraba a hacerlo también, con una ansiedad mal disimulada y de ribetes patéticos. Hasta que el pobre hombre encontró, de una vez por todas, la forma de terminar con la tortura de ser un emulador impenitente. Enriquecido a expensas de su socio, con el que se peleó, el hermano pudo por fin tomar la delantera, ser el primero en llegar a la meta. La tuerca, entonces, dio una vuelta. Y ahora era su marido el que imitaba al hermano. Si uno de los dos muriera, pensaba Emilia, la vida para el otro dejaría de tener sentido. La rivalidad, la envidia y el odio, a menudo crean vínculos más fuertes que el amor.

Quién duerme hoy en la clínica, chatea Angélica a las cinco de la tarde. Paguemos una enfermera, contesta

Emilia. No te preocupes, me quedo yo. Y ella puede imaginar su cara. Es que yo estoy con la mierda esta de la cocina, se disculpa. A su hermana nunca le han gustado las malas palabras. Pero ya era tarde.

En Angélica la bondad y la culpa van mezcladas en proporciones idénticas, como las de esos smoothies espesos y helados que apenas si se pueden tragar. Emilia es testigo de cómo se entrega a la buena causa del día con una generosidad rebosante, de cómo estira el caucho de su capacidad de resistencia, y también de cómo la va rindiendo su esfuerzo perpetuo, cómo controla su irritación hasta donde puede, sonriendo con impaciencia, los ojos entornados como los de los borrachos al borde del sueño, hasta que el caucho no resiste más y se zafa de golpe, haciendo que todos a su alrededor se paralicen. Los suyos, como los estallidos de pólvora, son fugaces y vistosos, y todo el mundo les teme, incluidos sus hijos, que siempre parecieran acercarse a ella con cautela, con una conciencia temblorosa de cada palabra y cada gesto suyo, y de que es el precio a pagar por lo que reciben.

Para calmar la ansiedad y la culpa, Emilia se sienta al computador. Las mujeres en la Amazonía, escribe, se suicidan tomando detergente, bebiendo barbasco, se ahorcan. Por la violencia del padre, de los maridos, de los docentes contra sus alumnas. Porque en los hombres hay abuso de alcohol, bigamia, violencia sexual. Emilia se sumerge en las cifras, pero quiere zafarse de ellas, encontrar la manera de hacer vivo el relato de lo que le contaron allá, en el lugar escondido donde parte de la comunidad se refugió en uno más de sus éxodos. Quiere hacer viva la voz de Uriana, que agachó la cabeza y le mostró la cicatriz, rosada y gruesa que la marca como infiel, donde nunca volverá a crecer el pelo. La de Omaira, a la que el marido le amputó los dedos por burlarse de él delante de sus amigas. La de Uma, a la que su padrastro violó durante seis años, y que nunca fue castigado por los jefes del resguardo. Escoge las palabras con la concentración de los que tienen miedo de errar, tratando de no perder la contundencia, y paladeando la dificultad, que es la droga que la pone a volar cuando escribe. Y mientras lo hace, la realidad se va convirtiendo en irrealidad, es decir, en lenguaje. Ya no le importan tanto Uriana, ni Omaira, ni Uma, sino cada frase, cada palabra, el poder que ellas le dan. A su cabeza llega, de forma arbitraria, la frase que el Gato le dice a Alicia: «¡Siempre llegarás a alguna parte si caminas lo suficiente!».

Es que soy obsesiva compulsiva, le dice Emilia a su marido con una seriedad impostada, porque a veces puede durar ocho, diez horas, frente al computador. Es para que las ideas no se me escapen. Es que ya cogí el ritmo. Es para mantener el tono. En realidad, aunque Emilia no lo sabe, lo que esas horas le dan es aire y fuego. Oxígeno para que haya combustión en su vida marchita. Por eso a menudo, cuando se mete en la cama, no para de dar vueltas con la cabeza incendiada y el cuerpo inquieto, como un camino de hormigas. El marido es entonces la isla a la que termina por acogerse. Con sigilo acerca sus pies fríos a los suyos, y cobijada por su respiración pausada y sonora de animal envejecido, siente que se aniña, se vence, se entrega con docilidad, como cuando su padre, finalmente conmovido por su llanto, se animaba a cargarla y a dejar que reposara su cabeza sobre su hombro.

Un cuerpo al que pueda acercarse es todo lo que Emilia necesita para sentir el suyo. Y mejor que ese cuerpo esté en reposo, viviendo en otra dimensión, la de la fantasía que encierran los sueños. Así está cerca, pero también lejos: esa misma sensación que se tiene al abrazar a un bebé de meses. Lo que se recibe en ese caso es sólo lo vivo e inocente que late en él, que no tiene todavía el poder de la palabra. El calor que emana de su marido le hace creer que hay un alma cerca. En realidad es lo que está anhelando ahora, exhausta y desolada: eso que llaman alma y que no puede existir sin un cuerpo. Pero de pronto ese cuerpo se manifiesta, con la misma naturalidad con la que puede manifestarse el de un bebé inocente, y un olor azufrado sube hasta sus narices. Un acto disuasivo, quizá una pequeña venganza del alma dormida, una burla. Así que se repliega hacia el borde de la cama, y trata de huir hacia el sueño.

Pero esta noche demora en dormirse. La envuelve, como una venda asfixiante, el desasosiego. Una molestia con ella misma, con el mundo. Piensa en su padre, conectado a los aparatos que miden su tensión, que monitorean sus latidos, que lo hidratan. En su hermano, Luciano, al que no ve hace meses. En su hermana, que sabe escoger tan bien sus látigos. ¿Qué pasará cuando el padre muera? Después de la muerte de su madre, su hermana y ella desocuparon su clóset repleto de ropa que no usaba hacía siglos pero que todavía despedía olores distintos, a peras maduras, a piel vieja, a sus eternos Parliament, y fueron descartando, escogiendo, unidas después de muchos años por la verdad descarnada que ahora se podían permitir. Su madre, que había amado siempre vestirse bien. Que se ponía sus blusas de seda fina para ir al supermercado. Tan desperdiciados sus talentos, tan supeditada a ese marido voluntarioso, que se impacientaba con sus preguntas, que echaba raíces en su viejo sillón mirando la tele, jugando solitario, dormitando, mientras ella se disolvía en las nieblas de la desmemoria.

¿Qué había unido a sus padres? Seguro que no el amor, tal y como Emilia lo entendía, ni tampoco el recuerdo del amor, porque hasta donde ella había podido captar por los relatos medio truncos de su madre, se habían casado sin saber qué era el enamoramiento. Los dos habían sido apuestos, según se veía en la única fotografía del día de su matrimonio —la madre con un gesto adolescente que la acompañó hasta la muerte, el padre con la frente alta de los melancólicos y unos ojos rizados—, y los dos habían estado convencidos, seguramente, de que con estoicismo y buena disposición se puede durar toda la vida en un matrimonio. Pronto aquel pacto tácito había derivado en una cotidianidad áspera y fatigosa, como una pared escoriada por la que hay que trepar cada día hiriéndose las manos. En la incondicionalidad perenne de su madre, en su incapacidad de rebeldía, Emilia creía reconocer un mandato transmitido de abuela en abuela. También su madre las instaba a ella y a su hermana a la sumisión, a aceptar que el mundo tiene un orden y que revolverse contra él sólo puede traer insatisfacción y desdicha. Tan hecha estaba la madre a la idea de que *las cosas son así,* que ni siquiera sentía culpa de haber renunciado a todas sus libertades. Y en el apego del padre, que iba acompañado de pequeñas crueldades que cometía con naturalidad asombrosa y sin ninguna mala conciencia, reconocía esa extraña capacidad que tienen tantos hombres de erigirse como patrones o patriarcas mientras se comportan, sin aparente contradicción, como hijos incapaces. Que jamás se oyera un grito entre sus padres no quería decir nada. La espesa resistencia de cada día terminaba por disolverse entre las bromas de la madre, su recurso de supervivencia, o en la voz exasperada o quejosa del padre. Y en la persistencia estoica de los dos en un destino en el que la costumbre de los días sin sobresaltos había reemplazado pronto la idea de felicidad.

Cuando al día siguiente de casarse, su madre, presionada por su marido, abandonó su trabajo como enfermera en el hospital pediátrico, se dedicó a lo que tantas mujeres siguen dedicando sus días de doce horas y más: a eludir su desconcierto y a distraer su frustración quitando del mundo hasta la última mota de polvo. Y su mundo fue una casa con paredes que la aislaban del mundo. Lo peor, colegía Emilia, que fue testigo durante toda su vida de aquel frenesí de limpieza que llegaba hasta las hojas de las plantas, es que su madre nunca se permitió el desahogo de la rabia, que también le había sido proscrita. Como una de esas santas que ilustraban sus libros infantiles, había hecho de esa perfección compulsiva su meta, su redención y su martirio. Por fortuna sin tristeza, o con ella bien disimulada. El brillo de los pisos, de la madera, del vidrio, de la plata de los cubiertos limpiados cada lunes con bicarbonato de sodio, estaba también en sus ojos y en su lenguaje, juguetón, mordaz, implacable. De su madre había aprendido Emilia que las palabras pueden herir, mutilar y sanar. Muchas veces había sido ella la víctima, y todavía, de vez en cuando, le supuraban las heridas.

¿Y el deseo? Sólo ahora Emilia se permite pensar en la sexualidad de sus padres, y no sin cierta reticencia. ¿Habría deseado su madre a alguien más, alguna vez? ¿Con qué prisa, de ser así, habría sofocado sus pensamientos, negándose cualquier estremecimiento, aterrada de la pulsión de su cuerpo y del delirio de su cabeza? El adulterio para su madre fue siempre un tabú, un tema que la hacía bajar la voz, avergonzada, como si ella misma peligrara arrastrada por las palabras. En su pueblo, le contó alguna vez, una noche la habían despertado voces acezantes, murmullos, ruido de pies en el corredor. Desde el umbral de su habitación había visto cómo su madre y alguien más, que no reconoció en la oscuridad, cubrían un cuerpo desnudo con una manta, el de una mujer que gemía muy quedo, como un animal desollado. Mucho después iba a enterarse de que esa mujer tenía un amante al que el marido, que había regresado de improviso después de fingir un viaje, había acribillado mientras trataba de huir saltando la tapia del patio. Los cinco niños de aquella mujer, que no llegaba aún a los treinta años, y que habían despertado aterrados con el fragor de los tiros, no iban a ver nunca más a su madre, pues fue sacada del pueblo sigilosamente aquella misma madrugada. Para siempre. Fue el castigo, por puta. Pero su madre jamás habría dicho esa palabra. En su relato Emilia pudo apreciar no censura, sino una secreta conmiseración. A sus años, tal vez su madre había logrado comprender, más de medio siglo después, el valor de la transgresión y el poder de la fuerza erótica que ella seguramente nunca había sentido, pero que debía imaginar como un fuego envolvente, el del placer y, a la vez, el de la condenación eterna.

Cualquiera pensaría que el derrumbamiento empezó con la muerte de su madre. Pero no, fue mucho antes de que la vejez de los padres se hiciera evidente con todos sus lastres. Todavía se reunían periódicamente y la madre servía el té con el glamur que había aprendido de sus tías ricas, y Luciano iba a menudo con su mujer y sus niños, lustrosos los tres, como gatos de angora recién cepillados, y el humor hacía piruetas en la conversación, que con suerte remontaba diversos cauces. Pero fueron apareciendo las grietas. En aquellas reuniones habían empezado a pasar siempre las mismas cosas, que Emilia observaba con el mismo ojo acerado con que tomaba nota mental para sus crónicas, y a menudo también con una conciencia amarga: Luciano, como siempre, contaba historias divertidas y a veces lograba seducir a su público. Su marido, en cambio, sólo se dirigía al marido de su hermana, creando tácitamente una alianza de extranjeros: no pertenecemos, luego somos aliados. De vez en cuando Emilia lo oía decir pequeñas mentiras, innecesarias, que ella no se ocupaba de desmentir. Su hermana actuaba como si fuera la anfitriona, para que su madre no tuviera que esforzarse. El padre se concentraba en su plato, sin hablar, enconchado desde entonces en la soledad que iba a ser el signo de su vejez. Su cuñada, después de que recogían la última taza, empezaba a lanzar miradas fijas a Luciano. Era la señal de que ya había cumplido y deseaba irse. Los adolescentes, cuando iban, se dirigían apenas podían a la sala, a mirar sus celulares. Ella ya no recuerda por qué, pero a veces su corazón se encogía, como cuando era niña y su hermana le gritaba que era adoptada y por eso era tan fea.

El detonante fue el pote de mermelada que había hecho su hermana. Emilia alcanzó a husmear el peligro cuando vio que Luciano lo abrió, acercó su nariz, hizo un gesto de extrañeza, y algunos se rieron. Siempre había tenido dotes teatrales. Que desde cuándo tenía por costumbre oler la comida, preguntó Angélica, el gesto crispado, el labio repentinamente torcido y Luciano, que acababa de pelearse en voz baja con su mujer, dijo que él olía lo que le daba la gana, y qué. Y que esa mermelada olía a repollo. Las risas se multiplicaron. La mermelada pasó de nariz en nariz, con más risas aún. La hermana, al fin, salió dando un portazo. Los padres, abatidos, permanecieron en silencio, como dos plantas mustias dobladas sobre sí mismas. El hecho pareció olvidarse. Pero meses más adelante, cuando ya la madre empezaba a dar señas de demencia senil y a repetirse, Emilia quedó estupefacta cuando oyó al marido decir, en un susurro que tal vez por serlo resonó en sus oídos como un trueno: ya empezó con la preguntadera. Nunca tuvo claro si sus hermanos oyeron esas palabras. Creyó ver rostros adustos, creyó sentir que un silencio de plomo se hacía por unos segundos y la atmósfera se le antojó helada a la hora de la despedida. Aquel fue, Emilia está segura, el empujón del que se sirvieron todos para ir escabulléndose después de años de aguantarse unos a otros sus pequeñas pero irritantes miserias. A partir de ese momento los hijos fueron desmontando las rutinas, organizando la huida, realineándose con relación al núcleo, de modo que cuando la senilidad de la madre se hizo crítica, el grupo acabó de dispersarse, como las moscas que ven la sombra amenazante del objeto que va a aplastarlas.

Por qué se atrevió a tanto su marido, se pregunta todavía Emilia, sintiendo que su pecho hierve cada vez que recuerda, y sólo se le ocurre una explicación: para herirla, y para probarles a todos, pero sobre todo a ella, su poder. El poder de no respetar los límites.

5

Tantas veces sentimos deseos de romper. Alguna vez Emilia quiso romper con su padre. Acababa de tener a Pilar, una bebé que no quería comer, que se arqueaba de dolor después de que la amamantaba, que vomitaba cada tanto y, sobre todo, que lloraba sin parar hasta volverla loca y hacerla llorar también a ella. ¿Qué clase de madre era, le reprochaba su madre, que no sabía cuidar a su hija, que se impacientaba, que se daba fácilmente por vencida? Un día, en medio del pequeño cataclismo que era su reciente maternidad mal llevada, fue de visita a la casa paterna. Ya no recuerda el tema de la conversación, de política, tal vez, porque eran sus tiempos de intransigencia, y algo la llevó a retar a su padre, *porque sí*, y no había acabado de pronunciar esa frase cuando sintió el golpe en la cara, la nariz sangrando, como cuando era niña y él la castigaba por contestar con brusquedad, porque aquí mando yo, como solía decirles.

Le daban náuseas recordar.

Tendría trece cuando la invitaron a aquella fiesta. Con su madre fueron a la modista, que le hizo un vestido con algo de princesa o de niña de la pradera —Emilia puede verlo todavía, oler la tela ligeramente engomada, de flores minúsculas en azules diversos— que le habría ido muy bien con una coronita de flores, como se usaba, pero a tanta cursilería no se atrevía. Ya vestida entró al baño de su mamá y saqueó su rímel, sus sombras de ojos, el polvito rosa con el que fingía rubor en sus mejillas. Cuando su padre la vio, antes de subir al carro, fue de una contundencia absoluta. Así no la llevaba a ninguna parte. De cuándo acá se había convertido en una señoritinga pintarrajeada, con aspecto de mujer de la calle. Ella era una niña, e iba a quitarse de inmediato todos esos menjurjes de la cara. Sin decir palabra, Emilia se arrellanó en el asiento, tapándose los oídos con las manos. No, y no, y no, pensaba, cuando su padre la sacó a rastras del carro, gritándole que obedeciera. No. Ahora la palabra salió con decisión de su boca, con la fuerza de un animal que enfurecido rompe los barrotes de la jaula. No voy a quitarme nada. Es mi cara y es mi vida. Cuando la mano del padre se alzó entonces como otras veces, Emilia alzó el mentón y sus miradas se cruzaron. A ver, siguió diciendo, ya la boca temblando, pégueme, adelantando los hombros, los ojos nublados, las pestañas destilando carbón por las mejillas, antes de entrar de nuevo a su casa, de correr a su cuarto, de quitarse su vestido de princesa, de niña de la pradera, y de meterse a la cama a llorar su rabia, pero sabiendo que nunca más su padre la volvería a tocar.

El día de la bofetada salió huyendo y jurando no volver a hablarle jamás a su padre, pero no cumplió su palabra porque los lazos familiares son también grilletes. Como tampoco rompió nunca con la madre, que en la adolescencia la zahirió con su ironía, que criticaba su manera de dar el biberón o de poner un pañal, y que creía que la maternidad consistía en no separarse de los hijos, como había hecho ella con los suyos; ni con su hermana, a pesar de que la irritaban su mirada escrutadora, sus juicios morales, sus silencios censuradores. A los dieciséis años la acusaba de puta, pero se lo hacía saber sin pronunciar esa palabra, porque Angélica no era como ella, una grosera, una soez, una tal por cual que se besaba con todos, qué repugnancia. Todavía a veces podía ver en su mirada ese fugaz brillo eléctrico que evidenciaba la condena, y en su ceja, que se encogía de manera involuntaria, la misma severidad de la adolescencia, pero ya no porque la considerara promiscua, sino por el desorden de su casa, por sus zapatos viejos mal embetunados, por su mundo social disparejo, imprevisto, a menudo impresentable. Y cuántas veces le habría gustado romper con su marido, sobre todo con él, pero le había ganado la inercia, la misma falta de fe en la felicidad que tuvieron sus padres, y un insólito sentido de lo pragmático, que a veces se le antojaba cobardía, a veces egoísmo, y a veces puro sentido común, lúcida certeza de que, en efecto, la vida siempre está en otra parte.

Hasta con su hija le habría gustado romper. Pero su hija era otra cosa. Su hija, en su perfección de hielo, era una herida. O, más bien, la cicatriz de una herida que ya no dolía pero que de vez en cuando supuraba, como si algo inflamado latiera debajo de la piel.

Su amiga María Isabel tiene unos enormes ojos azul marino que parecieran concentrar toda la atención de su cara fina, de pómulos altos, coronada por una excéntrica capul cortada a ras. De niña su belleza rara debió ser espléndida. Tal vez por eso mismo su padre, enamorado de ella, quiso llevar aún más lejos ese milagro de la naturaleza. Con rigor dedicó todos los cuidados a su objeto de adoración: le enseñó a montar a caballo, a reconocer las constelaciones, a hablar otras lenguas. A los quince, su hija fue de su mano un espécimen inverosímil, un astro dorado cuyo brillo causaba a su alrededor perturbación y envidia. Emilia, que había sufrido de niña por su pelo crespo y sus espaldas anchas le preguntó a María Isabel si en su adolescencia había sido feliz. Tanto como puede ser un ciego de nacimiento, le había contestado. A esa edad el mundo para ella empezaba y terminaba en su padre. Después del parto, su madre se había convertido para su marido en una sombra. Y su único hermano fue siempre un chico corriente, al que su padre parecía ignorar casi por completo. En cambio, con una tenacidad sin fisuras, este se empeñó en que su hija fuera actriz. A los dieciocho la instaló en el Lower East Side de Nueva York y la matriculó en una academia prestigiosa. Cuando, un año después, María Isabel decidió que el mundo actoral le resultaba insufrible, que quería estudiar para ser entrenadora de perros y que ya tenía un cupo en un instituto cercano, el padre le retiró su ayuda y le envió un pasaje para que se devolviera. Estuvo una semana sin salir de su casa, borracha de ira, sin hablar con nadie, ni siquiera con su madre. Al término de su encierro, atontada por la depresión y la impotencia, decidió que le haría bien caminar, y sin saber a qué hora fue a parar a una banca del Carl Schurz Park. Era mayo, le contó a Emilia, enfatizando ese hecho como si fuera definitivo, y afuera hacía una tarde traslúcida. Y entonces pasó algo que no sabía explicar: la luz insólita de aquel atardecer, los árboles, la vista del río, no sólo disiparon su malestar sino que le produjeron una paz enorme, que casi era alegría. Algo en su mente se despejó, como cuando Moisés partió en dos las aguas. Impulsada por una fuerza que no acababa de entender regresó a su apartamento y se sentó a escribirle una carta a su padre diciéndole cosas que nunca antes había sabido que pensaba y notificándole que no quería volver a verlo. Pero volviste a verlo, la había interrumpido Emilia, impaciente y con una seguridad en la respuesta que disolvía la pregunta. Nunca. María Isabel pronunció esa palabra casi en un susurro, sin ningún énfasis, y con una leve sonrisa en los labios. Consiguió un puesto de mesera, se fue a vivir a un cuarto de dos por dos y empezó a ahorrar para estudiar lo que había escogido. Cuando tuvo el dinero comprendió que tampoco quería ser entrenadora de perros y se decidió por la traducción. Unos años después, mientras agonizaba después de la caída de un caballo, su padre hizo que la llamaran para despedirse. No quiso ir. No fue por quitarme la ayuda que rompí con él, le explicó a Emilia. Fue por disfrazar de amor toda una vida de egoísmo.

Y cómo te sentiste cuando te avisaron que murió.

Libre. Y muy triste.

Emilia siempre se enamoró de mediocres con discursos intelectuales, de tipos casados, de egoístas divertidos y de atormentados que en un segundo se volvían maltratadores. Con ellos, más tarde o más temprano, sí se atrevió a romper. Ella acababa de cumplir veintidós cuando se enamoró de Rubén, un hombre que le llevaba nueve años. Le gustaron sus manos grandes y su temperamento pasional, que Emilia interpretó como sensibilidad sofocada. A Rubén, sin embargo, le gustaba beber, y cuando empezaba a emborracharse ella se sentía con un desconocido. Un día que discutieron a la salida de una fiesta, él arrancó en su carro dejándola parada en la acera. Era la una de la mañana y ella tuvo que volver a entrar a la fiesta. Todavía hoy recordaba, con un bochorno que le incendiaba la cara, el silencio de los pocos invitados restantes, la imagen del grupo congelada en un gesto de estupefacción antes de que la acción volviera a correr y el ruido ahogara su llamada pidiendo un taxi. Renunció a verlo. Un año y medio después, sin embargo, se encontraron en la calle, se tomaron un café y volvieron a tener sexo. Pasaron los meses, Emilia quedó embarazada y empezaron a hacer planes para irse a vivir juntos. A ella le daba tristeza abandonar el apartaestudio que había alquilado apenas un año antes, pero Rubén vivía en un lugar más grande y con una pequeña terraza, de modo que decidieron que en dos meses Emilia sería la que se mudaba. Para celebrar su decisión hicieron un viaje a Boyacá, a una vieja hacienda campestre al lado de una laguna.

La casa de piedra estaba rodeada de bosques y las habitaciones tenían camas enormes cubiertas con gruesas cobijas de lana virgen. ¿Por qué en esa atmósfera apacible, se preguntó Emilia, había empezado a sentir el mismo desasosiego que la atacaba al entrar en los hospitales? Al atardecer, enfundados en sus gruesas chaquetas, dieron un paseo por los alrededores del lago: el cielo era un amasijo de nubes grumosas y oscuras, el viento helado les picoteaba las caras enrojecidas, y el muelle desierto, rodeado de plantas silvestres y flores raleadas, era de una languidez ruinosa. Rubén estaba más callado que de costumbre. Emilia pensó que tal vez no habían escogido bien el lugar. Por fortuna sólo se quedarían una noche. Pero durante la comida cambió de repente su percepción. Había bastantes huéspedes en el hotel y el movimiento de platos y copas, el ir y venir de los meseros y las llamas de la chimenea, sus sombras inconstantes sobre las paredes, la reanimaron. Rubén sugirió que antes de irse a dormir fueran al bar a tomarse un trago.

Emilia reconoció en los parlantes la voz de Elis Regina. Ordenaron un tequila para Rubén y para ella un agua tónica. En un rincón del bar dos mujeres sesentonas, tal vez hermanas, bebían un coctel de un color fucsia fosforescente, y en la mesa más próxima tres parejas muy jóvenes tomaban whisky. Los hombres eran atléticos, con un aspecto tan sano y aséptico que parecían jugadores de tenis o alpinistas. Las mujeres tenían cabellos rubios, naturales o tinturados, prendas finas y una soltura que las hacía ver sofisticadas. Dos de ellas llevaban sacos de lana de color neutro y la tercera un vestido negro ligero que no parecía muy apropiado para el frío del lugar. Detrás de la barra estaba el barman, un muchacho gordo con una moñita en la coronilla, y una chica simplona, con delantal de rayas, atendía las mesas.

De pronto la música se hizo más alta y bajaron las luces. Rubén puso su mano izquierda sobre la rodilla de Emilia, bebió de un trago su tequila y con su dedo índice señaló a la mesera el vasito vacío. La muchacha se acercó con la botella en la mano. Emilia no se había sentido del todo bien en la última semana: le dolían los senos, y la atormentaban las náuseas y los tirones abdominales. Fue al baño, y antes de volver al bar se acercó al espejo. Sacó la lengua, como para mostrarle a la mujer del otro lado que no le hacía mucha gracia su cara cansada, de ojos apagados. Se pasó las manos por el pelo y se frotó las mejillas, que sentía resecas, tirantes. Cuando regresaba observó desde lejos que la mujer de negro miraba fijamente a Rubén mientras bebía de su vaso, y que este le respondía la mirada. Emilia notó que ya había bebido el segundo trago. Está tomando muy rápido, pensó. Cuando el barman puso a sonar «Chan Chan», la mujer de negro se levantó y se puso a bailar sola. Tendría unos treinta y pico, calculó

Emilia, por lo menos diez más que ella, y una cara huesuda, algo caballuna, en la que destacaba una boca gruesa. El conjunto era imperfecto pero atractivo. El flequillo largo que le caía sobre la frente ondulaba cada vez que se movía. Rubén subió su mano, acariciando el muslo de Emilia, pero sus ojos volvieron a clavarse en los ojos de la mujer que bailaba. Esta le sostuvo la mirada sin sonreír. Los demás, embebidos en la conversación, parecían ignorarla. Estoy imaginando cosas, pensó Emilia, mientras la mano de Rubén subía por su pierna, casi tocaba su ingle. Bostezó, sintiendo el cuello rígido, la espalda tensa. Ahora la mujer de negro estaba de espaldas, con los brazos en alto, y movía las caderas agitando su breve vestido. Llevaba medias de lana también negras y unos botines color cuero natural. Creo que me voy a dormir, dijo Emilia, casi en un susurro. ¿Quieres que nos vayamos?, preguntó Rubén, pero al mismo tiempo volvió a elevar su mano, con el vaso de tequila en alto, llamando la atención de la camarera. No. Me voy yo. Tú quédate. En la cara de Emilia no se traducía ninguna molestia, pero su voz salió con un timbre extraño, agudo. Se levantó, sin más, y mientras caminaba hacia la puerta pensó que sus caderas se debían ver anchísimas entre sus pantalones de pana.

Se acostó de inmediato, pero no logró dormirse. Ahora la mujer de negro estará yendo al baño y detrás de ella irá Rubén, excitado. En el pasillo, donde nadie los vea, le estará metiendo la mano debajo del vestido. Trataba de no pensar, pero a su cabeza volvía la misma escena, irremediablemente. Pasaron quince minutos, veinte, veinticinco, antes de que sintiera la llave en la cerradura, los pasos pesados, el poderoso chorro cayendo al inodoro. Rubén se metió desnudo a la cama y empezó a tocar su espalda, su cintura. En su aliento, como en una caja de naranjas destripadas, se mezclaban lo agrio y lo dulzón. Emilia no se movió. Sentía que le palpitaban las sienes y, muy adentro, a la altura del pecho, una sensación de pozo lleno de agua estancada. Asqueada, lo rechazó con firmeza, pero sin violencia. Entonces él la montó bruscamente, le abrió las piernas con una de sus rodillas, y la penetró sin ningún preámbulo.

A la mañana siguiente, a la hora del desayuno, con la humillación latiendo como fuego en su columna vertebral, Emilia trató de localizar a las parejas de la noche anterior, pero no las vio por ninguna parte. Mientras Rubén engullía su cazuela de huevos y ella tomaba a pequeños sorbos un café amargo, lo único que lograba tragar, le dijo que quería regresar a Bogotá. Ya. Pero si tenemos todo el día por delante, protestó él. Y además este hotel es caro, Emilia. Me gustaría dar una vuelta a caballo. ¿Te importaría? En absoluto, contestó ella, con un cinismo disimulado, su ira apaciguada por la conciencia de la fuerza de su determinación. Estuvo leyendo toda la mañana en la terraza soleada, hasta que Rubén regresó. En el carro puso canciones que conocía, y las cantó una por una hasta que llegaron a su apartamento. Cuando se despidió, en su cabeza seguía sonando, como un ventilador que no lograba apagar, «este hotel es caro, Emilia, este hotel es caro».

El lunes temprano llamó al periódico en el que hacía prácticas, avisó que no iría porque tenía gripa, e hizo las llamadas necesarias. El martes madrugó —su cita era a las siete— se puso su suéter gris de alpaca, que era el más calientico, y encima su abrigo negro, tomó un taxi y le dio al chofer la dirección que llevaba escrita en un papel. Cuando regresó iban a ser las dos de la tarde. Desconectó el teléfono, se hizo un té de manzanilla, con la esperanza de que le ayudara a mitigar los corrientazos eléctricos que la hacían estremecer, y se acurrucó debajo de las cobijas, con dos compresas entre las piernas y vencida por sus dolores, sintiéndose vacía como una bomba de helio que se suelta de la mano de un niño, y tan libre y tan triste como dijo su amiga María Isabel que se había sentido cuando se enteró de la muerte de su padre.

6

El regreso a casa después de una estadía en la clínica tiene siempre un aire de acontecimiento, de milagro de supervivencia. Emilia entra con la impresión de que momentáneamente han vencido a un enemigo, pero también con la certeza de que este sigue ahí, al acecho, como un asesino que espera con paciencia su oportunidad con un bisturí entre la manga. La recibe, como siempre, el golpe de ese olor indefinible, a trapo mojado, a guiso criollo, a Vicks VapoRub, que ella no resiste. Hay que ventilar, le repite a Maruja cada vez que va, aunque en el fondo sabe que así huele la vejez, que ese olor ya no se irá nunca porque está integrado a la tela, a la madera, al metal, a las materias todas de la casa. Maruja alega que no abre las ventanas porque el padre tiene miedo de las corrientes de aire. Y los médicos le han dicho que sus pulmones son frágiles, que por eso ese silbido, ese ahogo de asmático cuando da la vuelta a la manzana, que se cuide de los cambios de temperatura.

Todo allí permanece idéntico desde que Emilia se acuerda: el paisaje de la entrada, que detesta, las repisas llenas de objetos, esos enormes ceniceros que ya no cumplen ninguna función. Los tapetes se ven apelmazados y con manchas, pero, eso sí, los floreros siempre tienen flores frescas que compran Angélica o Maruja: una insistencia en la vida en medio del estancamiento. El padre entra caminando con pasos cortos, vacilantes, de hombre resucitado, repentinamente dócil detrás de Angélica, que revisa a toda prisa si se han cumplido sus órdenes —cambio de sábanas, agua en la mesa de noche, un almuerzo suave— y apoyado en el brazo de Emilia, que no sabe si conducirlo a la cama —¿es o no es un enfermo?— o a la poltrona deshilachada donde recibe sol por las mañanas.

Lo instalan, finalmente, frente al enorme televisor que le regalaron entre todos hace unos cuantos cumpleaños. Su padre, un hombre que fue un buen lector en otro tiempo, aunque sólo de revistas, de artículos de divulgación, de libros *entretenidos*, desde que se jubiló, hace casi veinte años, fue dedicando cada vez más horas a los noticieros —se los ve todos— a los programas de salud o a los de concurso. Es gran aficionado a estos últimos porque es un acumulador de conocimientos: podría contestar que el número atómico del cadmio es 48, dónde queda Uzbekistán, que el arce rojo es el árbol emblemático de Canadá. Aunque no sepa reconocer sus propios sentimientos, piensa Emilia. Ese cúmulo de saberes, muchos de ellos inútiles, hizo que su madre lo considerara siempre, con admiración, un hombre culto. Emilia sabe que la cultura es otra cosa, pero esa faceta de su padre la enternece. Como testimonio de esa aspiración al saber está la biblioteca de la que él siempre se ha mostrado orgulloso, y donde predominan las colecciones de aventuras, de viajes, de los clásicos en los que ella se hizo lectora. ¿Qué habrá leído su padre de todo eso? No tiene la menor idea.

Su mamá le contó alguna vez que su padre fue, durante toda la infancia, alérgico a la escuela, en tal grado que el abuelo no tuvo otro remedio que consentir dejarlo en casa hasta los doce años, cuando empezó su bachillerato.

También supo que aprendió a leer solo, en periódicos y revistas, y que fue su madre, una maestra retirada, la que le enseñó matemáticas. Era una historia que circulaba en la familia, pero tal vez fuera apenas una leyenda. Alguna vez tuvo la intención de entrevistar a su tía Victoria para saber qué tanto de verdad había en esto. Pero, como suele pasar, su deseo quedó tan sólo en impulso, en una idea que venía cada tanto a inquietarla pero que ponía en el trastero de las buenas intenciones. Y mientras tanto la tía Victoria, tres años menor que su padre, murió de un infarto fulminante. Tantas cosas que dejamos de hacer, pensó esa vez Emilia, recordando a Virginia Woolf, por pereza de cruzar la calle.

Envejecer es renunciar. Dejar atrás. Desinteresarse. Su padre se desprendió primero de la lectura. Después de la música. Y también, cada vez más, de sus largos paseos. Hasta de la religión, en la que parecía creer a ciegas, ahora se ha desentendido. Hace unos meses Emilia lo acompañó a una cita con su cardiólogo. Se sorprendió al oír las respuestas precisas que le dio al médico, la memoria infalible con que nombraba medicamentos que tomó en la infancia y enfermedades que había padecido, pocas y ninguna grave. Al final de la consulta el médico, un hombre de cara plana, de esas que estamos seguros de que vamos a olvidar, dueño de una seriedad oscilante entre la indiferencia y la gentileza propia de tantos miembros de su profesión, le hizo a su padre una pregunta que a Emilia le pareció no solo absurda sino insolente: quería saber si él creía en Dios. Extrañado, su padre se había demorado unos segundos en contestarle. Pero enseguida, con una sonrisa ladeada, la de un escéptico, dijo, reticente, que ya no creía en nada o en casi nada. Por qué, doctor, quiere saber eso, indagó. Porque los creyentes se recuperan mejor, aseveró el médico, como quien enuncia un axioma. Eso decían las estadísticas. La mirada del padre se entristeció, como abatido por esa perspectiva de la ciencia. Y fue entonces, como quien cambia de tema y ya levantándose para salir, pesado y lento y agarrando con fuerza el brazo que Emilia le tendía, que se atrevió a decir: doctor, ¿usted cuántos años cree que me quedan? Esa pregunta ingenua, en boca de un hombre viejo y gruñón, dueño de un pragmatismo arrasador y una lucidez sin vacilaciones, conmovió a Emilia. El médico hizo alguna broma aséptica y le palmeó el hombro. Ya se sabe que la condescendencia es una forma amable de deshacerse de los viejos. Salieron. Y caminaron en silencio, como fingiendo olvidar el final de aquella conversación.

Angélica dice que se queda a almorzar con su padre. Emilia, que sabe que los dos se repelen, entiende que su hermana, que tiene espíritu misionero, ha encendido ya el motor de su bondad y que las poleas de su capacidad de resistencia ya engranaron. Victorianos, rigurosos, perfeccionistas, su hermana y su padre conciben la vida como una huerta que hay que arar de la mañana a la noche. El padre, sin embargo, se da el lujo de ser egoísta, mientras su hermana va por el mundo regando las aguas de su generosidad. Emilia los deja allí, y cuando está bajando en el ascensor, la asalta una imagen: la casa deshabitada pero todavía repleta de objetos que alguna vez tuvieron sentido y que irán a parar a cajas que terminarán en sitios donde otros los reciclarán, ajenos ya por completo a su origen.

De camino a su casa abre la ventanilla del carro y se deja invadir por el viento tibio del mediodía soleado. Las vías, siempre congestionadas, agobiantes, están hoy livianas, por extraño que parezca. En la radio suena «Tears in Heaven» de Eric Clapton. Cada vez que oye esta canción piensa en Pablo y siente que el corazón se le arruga. En el separador, a la altura del semáforo, ve a una familia de venezolanos: la mujer muy joven, casi una niña, y los hijitos envueltos en sacos multicolores, mal puestos unos encima de otros. Los ojos negrísimos, las cabezas crespas como las de angelitos de las postales. El hombre se acerca a la ventanilla, y en su mirada fija ella ve arder algo entre la desesperación y la rabia. Siente la maldita compasión de siempre. Los niños, la muchacha, el desaliento, y en la mirada de aquel hombre una profundidad turbadora. Siempre pelea con su marido porque no muestra el más mínimo resquicio compasivo, y porque la avasalla acusándola de paternalismo. No se puede propiciar la mendicidad, dice, y este es siempre el comienzo de una discusión idéntica. Esculca como puede en su cartera, saca un billete, cruza su mirada con la del hombre, y ve que es tan joven como su mujer, que tal vez no llega a los veinticinco. Quizá su compasión sea una versión de ese condolerse perpetuo de su hermana. El semáforo pasa a verde, y ella acelera, sintiendo que la invade un impulso enérgico. Tal vez sea porque le ha dado palmaditas a su buena conciencia. O porque esta vez no ha sido nada grave lo que le sucedió a su padre. O quizá —pero ese pensamiento lo desecha, espantada— es porque el cuerpo achacado del viejo, su vulnerabilidad, le han hecho tomar conciencia del brío de juventud que hay todavía en ella. La familia de venezolanos tiene esperanzas. ¿Cómo será vivir, se pregunta, cuando ya uno no espera nada de uno mismo?

Al terminar la tarde Emilia va a ver a su amiga Quela. Con ella se habla casi a diario por teléfono, pero inconscientemente dosifican sus encuentros para no agotarlos. Quela tiene setenta y tres años, es peruana, y se separó hace veinte de un coronel del ejército que la dejó porque se enamoró de un subalterno. Lo cuenta con una sonrisa irónica, y dice que lo mejor de su vejez solitaria es no añorar nada. Ni siquiera el sexo. Tal vez porque nunca lo tuve bueno. Es lectora febril de las novelas de Simenon, tiene dos gatos y un fox terrier y la voz inquietante de los fumadores de muchos años. Todas las veces le sirve a Emilia el mismo té con las mismas tostadas con canela, algo que no pareciera encajar con su poder imaginativo. La conversación entre las dos comienza siempre, como la de los amantes, con una cierta vacilación, un titubeo, hasta que encuentra su lugar, se vuelve cálida y avanza por caminos rápidos, con desviaciones inesperadas. Con Quela, Emilia se siente aguda, pertinente, ingeniosa, y es porque su amiga la sabe oír y también interrumpir para agregar, develar, divertir. Quela es energía vibrante, hipérbole del lenguaje, capricho fantasioso, perspicacia pura. La amistad con ella, piensa Emilia, es como recorrer desde la ventanilla de un tren un país desconocido, de paisajes siempre distintos y atrayentes. Su relación no admite el aburrimiento. Todo lo contrario de lo que pasa en la casa de su padre, donde impera el eterno retorno de Lo Mismo.

No te separes nunca, le aconseja Quela. Se lo dice ella, que se las arregla tan bien sola, que anda sin miedo a altas horas de la noche en su carro traqueteante, que es capaz de irse a una cabaña solitaria en la playa a pasar un mes, que puede leer con calma un manual de instrucciones y luego armar cualquier aparato que venga por partes, algo que Emilia jamás podría hacer. A veces la vida en pareja es agotadora, replica esta, la negociación permanente, la lucha por el territorio, la obligación de complacer. Pero la soledad. No te imaginas lo que puede pesar a veces la soledad. La voz de Quela se apaga cada vez que termina una frase, se dulcifica de una manera que la tranquiliza.

7

—¿Qué haces? pregunta Emilia, sirviéndose su primera taza de café.

—Leo mis correos.

—Deja eso para después y hablemos.

—Pero de qué —dice él, sin despegar los ojos de la pantalla.

Todas las mañanas Emilia y su marido bajan a la misma hora a hacerse el desayuno, antes de que Mima llegue. Cada uno hace el suyo a su manera, y comen en la mesita de pino, junto a la ventana por donde entra el sol pálido de la mañana, a menudo absortos todavía, como si no hubieran regresado de sus sueños. Cuando ella le advierte al marido que si sigue echando sal va a salar el huevo, él refunfuña. Si él la acusa de poner mucha mermelada sobre su tostada, ella suspira y calla mientras mira hacia la calle. Los une una dependencia agresiva. Emilia echa de menos los días en que desayunaba sola, tomándose su tiempo, sin otros ojos encima, bebiendo su café con parsimonia, divagando. Ahora que su marido pasa muchas horas en la casa, siente que ya no se mueve a sus anchas, que hay territorios vedados y horarios que la incomodan. Él permanece en la cama hasta mediodía, cuando termina de leer la prensa, de llenar crucigramas, de hacer una siesta después del desayuno. La atmósfera se va cargando de olores muertos donde en otras épocas ya había a esas horas aire fresco.

Emilia recuerda que su amiga Laura le decía: ustedes pueden pelear mucho, pero todavía conversan. Una manera graciosa de definir un matrimonio. Y así era. Hasta hace unos años, de sus conversaciones quedaban rastros por todas partes, que se convertían en *leitmotiv*, en guiños posteriores, en sobreentendidos. Ahora, en cambio, las inquietudes de Emilia, tontas o no —¿tú de verdad crees que Woody Allen sea un pedófilo? ¿Y si ensayáramos no comer carne roja? ¿Acaso piensas que ese mequetrefe es el que va a ganar las elecciones?—, parecieran ser succionadas por el vacío de una cámara insonora, o, si logran engranar, no ganan ritmo y se rinden por fin a una especie de pereza devoradora. De sus tiempos de trabajador compulsivo, a su marido sólo le quedan pocas cosas, una de ellas es una pulsión violenta, una irritación menuda que atraviesa como un bajo continuo sus días y sus noches. A Mima la saluda con un bufido, baja y sube las escaleras pisando fuerte, siempre que sale tira la puerta. Mierda, oye Emilia, y es que el marido no encuentra algo. Hábleme duro, y es que el marido está gritándole por el teléfono al empleado del banco. Ladrones, y es que el marido está viendo el noticiero. Hijueputa. Y es cualquier cosa. Del motor del poder y el impulso creativo de su juventud sólo queda eso: un chisporroteo constante que anuncia que hay un corto circuito.

Emilia se retira cada tarde a su último baluarte y sólo sale para recargar su taza de café o para estirarse un poco.

A menudo se detiene a mirar por la ventana, y se complace en la familiaridad impasible de su calle casi siempre vacía, de los cerros azules y del árbol de flores color solferino cuyo nombre ignora. Trabaja con sus diccionarios a mano, el laptop sobre su viejo escritorio desordenado y de vez en cuando eleva el volumen de la música como una adolescente repentinamente eufórica. A veces el marido entra sin tocar, con un papel en la mano o una consulta urgente. Ella desprende con dificultad su vista de la pantalla o del libro, y pregunta si tiene que ser ya. Ya, dice siempre él, como si de repente hubiera regresado a su antigua vida.

En la salita de estar hay un viejo tapete que tiene una punta doblada. El marido, cada vez que pasa, coloca la pata de la silla sobre ese extremo, para forzarlo a enderezarse. Cuando Emilia pasa por ahí, rumbo a la biblioteca, encuentra que la silla le impide pasar, y la corre, maldiciendo por lo bajo.

Así, desde hace años.

8

Acuerdan pasar ocho días en casa de Pilar. Será la manera de librarse del polvo y del caos que va a armarse en la casa. Y luego irán a La Habana, ahora que dicen que el centro está hermosamente restaurado y antes de que vuelvan los gringos y se caguen otra vez en todo. Eso propone el marido, que también argumenta que es bueno que Emilia se tome un descanso este año que ha trabajado tanto. Y cuando lleguen, ya estarán terminando la cocina.

—¿Tú me ayudas a empacar todo el chechererío?

—Si me autorizas a ir botando cosas.

—Ni de riesgos —contesta ella, alargando las palabras para que parezca broma.

—Entonces ya vengo. Voy a pasar por la ferretería —dice él y sale.

¿Por qué, maldita sea, siempre un portazo?

Whatsapp de Pilar: Llamo a mi abuelo mañana porque hoy tengo un día asqueroso. Desde ayer no tengo ni un minuto.

Whatsapp de Luciano: Cómo ves a mi papá. Esta semana no puedo pasar. Tengo mucho trabajo.

Whatsapp de Angélica: Noto deprimido a mi papá. Por favor pasa. Y llévale algo rico.

Emilia sabe que es una orden.

Ha debido comprarle algo, un helado, una torta de las que le gustan. Ahora, sin embargo, lo ve difícil. Aunque no son más de treinta cuadras, el tráfico no permite andar a más de veinte kilómetros por hora. Repasa. Mejor llevar dos pares de sandalias, porque con la fascitis. Y que no se le olviden la Arcoxia y las pastillas para dormir. De pronto, a la distancia, avista una pastelería que no recordaba. Para y compra una torta de chocolate. Y sale agitada, consciente de que ahí es una burrada parquear.

Cuando llega encuentra que su papá está durmiendo. De razón no puede dormir en la noche. Emilia sabe por la enfermera que su padre se desvela, que a veces enciende la luz de la lámpara y se sienta sin hacer nada, como un niño que espera que sus padres estén por llegar; o que enciende la televisión a la una de la mañana, o que camina por el apartamento a oscuras, como un fantasma. ¿Qué pasará en su lúcida cabeza durante esos insomnios? Oye que se acostó a las diez y son casi las doce. Su padre está en la cama, bocarriba, vestido como se viste todos los días, como si fuera a salir a la calle a la que no sale nunca. Porque conmigo no le gusta salir, le ha explicado Maruja, haciendo que Emilia sienta cierta vergüenza: al padre no le gusta pasear con la criada, la sirvienta, la empleada, tantas palabras para nombrar más o menos con crudeza la condición de servidumbre. Se queda mirando ese cuerpo enorme, de manos cruzadas sobre el abdomen, y piensa que así se verá su padre el día en que muera. Entonces se acerca, de puntillas, se agacha sin hacer ruido para medir la respiración, el color de la piel, porque qué tal. Y ahí se queda unos minutos, encorvada, las manos apoyadas en las rodillas. Entonces el padre abre los ojos, la mira, sonríe en forma socarrona, amarga. Tranquila, dice en un murmullo, que todavía no me he muerto.

Emilia le muestra la torta de chocolate, deseando sacarle una sonrisa. El padre da las gracias pero al mismo tiempo hace un gesto impaciente, mientras dice, incorporándose a medias y con dificultad, aquí hay mucha comida. Mucha comida que yo no me alcanzo a comer porque *ya* no tengo apetito. Y el chocolate de un tiempo para acá me sienta mal. Entonces qué, ¿la devuelvo? Esfuerza el tono de broma, pensando que su padre es un desagradecido, que tanto esfuerzo para esto, y él sonríe por fin, a modo de disculpa. Entonces ella va hasta la alacena a guardar la torta y se encuentra, en efecto, con una reserva de provisiones como para una guerra. Latas, cajas de galletas a medio consumir, mermeladas, bolsas de pistachos reblandecidos, chocolates. Es lo que sus hermanos y ella misma han venido trayendo de regalo desde hace meses, porque a los viejos ya no hay qué regalarles que no sea comida. Ya no quieren cambiar las viejas pantuflas, y están hartos de mantas, de pijamas, de lociones que ya no van a echarse. Debe haber cosas vencidas, piensa Emilia, cosas, incluso, de los tiempos en que su madre estaba viva, pero no será ahora que se ponga a ordenar y a botar. Suficiente con lo que le espera en su casa.

Hay que caminar, papá, hay que recibir sol, no es bueno estar tan quieto. Se dispone el padre a salir, pues, a regañadientes, no es que no quiera, dice, es que estoy cansado. Que *vivo* cansado, rectifica, en un tono desolador. Y añade, como para sí mismo pero sin dejar de moverse, ya el cuerpo no responde, la máquina se está apagando. Vamos lento, dice Emilia, sin afanes, mientras calcula de antemano los desniveles de las aceras de esta ciudad endemoniada, no aptas para ciegos, ni para coches de niños, ni para ancianos, o cojos o baldados. Caminan en silencio. Él cuida cada paso apoyando el bastón que nunca aprendió a usar del todo, y de su pecho se desprende un silbido, rítmico y apagado. Caminan por el sendero pavimentado del parque más cercano, y al cabo de un rato buscan una banca para hacer una pausa. Emilia señala un edificio nuevo, comenta que le parece hermoso. El padre no dice nada. Los dos se quedan mirando las nubes como si ellas fueran a inspirarles alguna idea. Entonces el padre empieza a hablar, con una voz inusualmente baja, pausada pero firme. Esta vida está siendo demasiado larga, dice. En su tono no hay ni solemnidad ni acentos trágicos. Más bien un intento de ligereza en el que hay algo de elegancia. Yo creo que esto no dura mucho, agrega, después de una pausa. ¿Qué responder a eso, qué banalidades, qué falsos consuelos? La lucidez trágica de su padre la estremece, y la hace pensar en que sería mejor que se fuera hundiendo en la neblina de la inconsciencia, como su madre. Emilia dice, en un intento de alivianar la conversación, que lo malo es que uno no se muere cuando quiere sino cuando le toca. Pero se siente torpe, estúpida. Se inhibe. Desea que él pare. Que no hable más. ¿Hacia dónde va su padre, qué doloroso lamento tendrá que oírle? Pero él no se detiene ahí. Tampoco se lamenta. Yo quiero que no vaya a haber peleas, dice. Todo está ordenado y Luciano sabe dónde están los papeles, los cedetés, los extractos bancarios. Luciano, piensa Emilia. Luciano, el verdadero amor de su padre, Luciano, que siempre está de viaje y que cuando vuelve tampoco aparece. Un gato sale de la nada, se queda mirándolos, maúlla, le da la oportunidad a Emilia de hacer una pausa para tomar aliento. Se agacha para tratar de acariciarlo, pero el gato huye. Un pensamiento la atraviesa como un escalofrío. ¿Será que...? Balbucea entonces cualquier cosa, dice que con esa salud va a durar hasta los cien años. Y luego, en silencio, se quedan otro rato viendo a los niños que juegan en el rodadero, acompañados de sus niñeras. También ellos, piensa, algún día serán viejos.

9

Ahí están pues con Mima empacando primero las ollas, los cubiertos en bolsas, la vajilla blanca con mucho cuidado, por favor, y todo lo de plástico en la caja grande. Cosas que no usan jamás: para batir, para freír salchichas, para hacer omelette, para dividir la clara de la yema, para exprimir, para abrir botellas. Ese abrelatas asqueroso que le trajo su cuñada. Las carpetas que eran de su madre y que nadie va a poner nunca en ninguna parte. La bandeja que le trajo Pilar, pesadísima. Este plato de porcelana, Mima, que es antiguo, mejor en papel burbuja. Cúrcuma vencida, garam masala sin abrir, sal de la Sierra que nadie ha querido probar, todo a la basura. En qué momento nos vamos llenando de tantas porquerías, la vaquita para servir la leche, tres teteras, ese montón de limpiones. Ya les duele la cintura, y todavía no han arrastrado las cajas hasta la biblioteca. A qué horas te dio por hacerme esto, le grita Emilia al marido tapándose la cara con las manos, fingiendo que va a enloquecerse.

Ahora están en la biblioteca. Va poniendo en cajas objeto por objeto, envolviendo algunos en papel periódico. Un instrumento africano, piezas de madera, cajas de hueso, un cenicero de cristal rosado que compró en San Telmo, un cisne de origami que le hizo Sara, un muñeco de latón. Su amiga Berna la acusa de *horror vacui*, y tiene toda la razón. Son muchas cosas, inútiles, hermosas, feísimas, amadas. Jalones que marcan terreno, que tranquilizan en su estar ahí. Tiene claro que estos ángeles de barro fueron un regalo de una amiga con la que se peleó, que este tótem de madera lo trajo de su viaje a Bolivia. Que aquello lo compró en un impulso en un anticuario y esto otro en una tienda de pueblo. Y que esa matera pintada, que primero tuvo sembrada una orquídea y ahora un helecho triste, se la llevó Quela al día siguiente de la muerte de Pablo. Tanto hace ya que se conocen. Todo cuenta su pequeña historia. Se siente incapaz de desprenderse de muchas cosas, aunque en una caja más chica va poniendo lo que podría ¿regalar?, ¿echar a la basura?, ¿dejar por ahí, hasta que la indecisión desaparezca? Y se pregunta qué hará con todo esto Pilar el día que ellos mueran. Qué encarte. Pobre Pilar. Recuerda, mientras repasa el origen de cada cosa, el libro de Perec, que leyó hace ya muchos años, y que muestra el proceso de aburguesamiento de una pareja a través de los objetos que van comprando a lo largo de los años. Le gustaría volver a leerlo. Quizá se lo lleve para La Habana. Si lo encuentra.

El marido, que acomoda electrodomésticos en unas cajas que ha armado con esmero, está contento hoy. Y quizá porque tiene la perspectiva de un viaje, de una cocina nueva, responde también con bromas, con comentarios alentadores. Emilia repara en sus ojos saltones, en el pelo ralo, de un gris sucio, que le cae sobre la frente estrecha y lo hace ver como un tribuno romano. Nadie puede prever cómo va a envejecer, ni cómo va a hacerlo su pareja. A los treinta su marido era un muchacho ancho de hombros, con una melena oscura que le daba un aire de músico decimonónico, y unos ojos nostálgicos. Hoy es un tipo de cejas espesas y mejillas flácidas, con una incipiente joroba carnosa y un gesto desdeñoso en la boca, una expresión agria. De viejo, piensa Emilia cuando lo pilla abandonado, con la cabeza entre los hombros, o echado frente a la televisión, mirando, no los programas de concurso ni las telenovelas bobaliconas que ve su padre, sino series infinitas, buenas, regulares y malas, documentales, buenos, regulares y malos, o películas de crímenes donde los actores que doblan hablan siempre de la misma manera, con afectadas voces varoniles, en medio del crash crash de los automóviles chocando y la estridencia de gritos y disparos.

Ya no puede precisar qué la enamoró de él. Pero cuando trata de pensarlo su cabeza se llena de imágenes: de sus manos, sus uñas delicadas, de lúnulas perfectas. De sus piernas larguísimas, que terminaban siempre en los mismos botines de gamuza, de distintos tonos. O del modo que tenía de resolver las cosas. Cómo vamos a llegar allá, preguntaba ella. No te preocupes, decía él, ya veremos. Lo imposible siempre lo hacía ver como posible, como esos coach que hoy cobran por hora, pero sin sus monsergas edificantes. Es muy brusco, había sentenciado su madre, que era una amante de las buenas maneras, algo que Emilia y sus contemporáneos detestaban a los veinticinco. Muy brusco era para ella sinónimo de varonil o de desprejuiciado. No recuerda, sin embargo, ni sus temas de conversación, ni sus gustos musicales, ni sus lecturas, como si el tiempo hubiera impreso con tinta indeleble su físico y en cambio hubiera desdibujado su espíritu. En cambio se acuerda muy bien de sí misma a los treinta, ardiendo en pasiones distintas, trabajando en revistas que no pagaban nada, jurando que nunca sería madre, e imaginando una vida en pareja que no tuviera nada que ver con la de sus padres. Recuerda también sus primeros años de matrimonio, su sencillo transcurrir, un carro de rodachinas bajando por una suave pendiente. El nacimiento de Pilar, su maternidad plena. Y de pronto el frenazo, la muerte de Pablo, los roces, los malentendidos. Se ve a sí misma al llegar a los cuarenta, una idiota que deambula por un centro comercial casi vacío para llegar a casa lo más tarde posible. Y como esa, cientos de escenas que juntas empezaron a desdibujar la aventura en pareja que había imaginado, y que desataron en ella un turbión de sentimientos contradictorios, que convirtieron su vida matrimonial en el *loop* infinito que ha sido, en un subir y bajar incesante, hasta la náusea.

Hasta que su marido se jubiló, Emilia almorzaba en la cocina y tenía conversaciones breves pero significativas con Mima, en las que esta le contaba cosas de su pasado, de las borracheras del hombre tosco con el que vivió unos pocos años, de los días de hambre, de sus embarazos complicados, de su huida con los dos niños. Una historia previsible, repetida, eterna, un *remake* protagonizado cada vez por distintos personajes. Pero ahora que Emilia y su marido almuerzan en el comedor, tiene pocas ocasiones de conversar con ella.

Más allá de la información básica que Mima le ha ido proporcionando —el hijo que maneja un carro repartidor, la hija que se casó embarazada con un hombre que ahora está en la cárcel—, Emilia ignora casi todo sobre ella. A veces se pregunta si esta mujer de expresión opaca y pocas palabras tendrá un amante, o si, siendo todavía joven, se habrá desprendido ya de las expectativas del sexo. Emilia jamás ha estado en su barrio, al otro extremo de la ciudad, y apenas si puede hacerse una composición de lugar a partir de otros barrios a los que alguna vez fue en sus tiempos de reportera. Qué muebles tendrá en su casa, cómo dormirán, qué cocinará en las noches. Se siente unida a Mima por una forma extraña y silenciosa de comunicación, llena de acuerdos tácitos, de coincidencias, de sobreentendidos. Un tipo de relación que no tiene nombre, lejana a la amistad, pero que tampoco es de estricta subordinación, porque Mima impone astutamente sus ritmos y sus gustos. Con una dosis de lealtad mutua, pero sin ninguna promesa de apego. Emilia la sabe dueña de un poder: es testigo de excepción de su vida, de su matrimonio, de toda la miel y la hiel de la relación con su marido. Cuando este dice pesadeces o se irrita por banalidades domésticas, Mima y Emilia intercambian miradas furtivas, cómplices.

Desierta la cocina se ve enorme y sin gracia, como una vieja obesa recién despertada. Con señales oscuras donde antes estuvieron los muebles, el piso es también una ruina, habrá que cambiarlo. Exhaustas, observan su tarea ya concluida. Para Emilia las incomodidades están acabando, para Mima apenas empiezan. Tendrá que cocinar en un pequeño reverbero, llegar temprano para abrirles a los maestros, respirar el polvo que ya le han anunciado que va a levantarse y a invadirlo todo. Y no hacer nada o casi nada, porque sus tareas cotidianas no van a tener sentido. Emilia tiene sensaciones ambiguas. Culpa, vergüenza, alivio. Pero acalla su mala conciencia y se fuerza a ser indiferente mientras se repite que no puede ser de otro modo. Me da tristeza de la pobre Mima, le dice esa noche a su marido mientras comen en un restaurante, que tenga que quedarse a lidiar con el polvero y a cocinar en esa estufita de mierda. Démosle una bonificación, me parece apenas justo. El marido le replica que deje de sobreprotegerla, que Mima tiene un buen trabajo y un buen sueldo y que va a «dañarla» de tanto consentirla. Emilia oye en él las palabras de su suegra, y una chispa de furia le enciende los ojos. No quiero ni pensar en cómo serías con tus empleados, dice, buscando su mirada. Quiere seguir recriminándolo, echarle una cantaleta, pero se detiene. El marido calla y hunde la cara en su ramen.

10

No sabe cómo explicárselo, pero lo que ve en el espejo nunca coincide con la imagen que tiene de sí misma, y mucho menos con la Emilia que se topa en forma fragmentada cuando aparece una foto de sus treinta o de sus cuarenta años. Cómo no sentir cierto asco cuando ve las estrías del bajo vientre, las rodillas rollizas, la flacidez que ya hace estragos. *Atonía.* Vuelve a esa palabra y no puede evitar sonreír. Esos cambios los registra con incomodidad, pero su cerebro se defiende de la abierta repulsión por miedo a hundirse en el pantano del rechazo de sí misma. Toda la vida tratando de sostenerse en ese punto de equilibrio que se les exige a todas las mujeres, toda la vida desafiando las miradas que te echan culpas, no sabes cuidarte, estás cada vez más lejos de lo que nos gusta, eres demasiado pequeña, demasiado grande, si sigues así vas a ver, deberías. Debería, piensa Emilia, debería, ella que hace tanto tiempo se refugió en su trabajo para que no la jodan, mientras constata que el pantalón blanco que tanto le gustaba ya no le cierra, ni tampoco la falda que compró hace poco. Mierda. Es, literalmente, una ballena varada en una playa atestada de trastos que no sólo no la dejan moverse sino que la condenan a mirar su reflejo en el agua estancada que la rodea por todas partes.

Debería.

Mirando la maleta donde no hay más de cinco prendas que todavía le sirvan, la mente empieza a buscar una ruta, una ventana por donde huir. Entonces se pone un saco de afán, agarra su bolso, baja la escalera y sale a la calle. El viento seco y filoso de la tarde clarísima y un inusitado movimiento de gente en su barrio apacible le hacen sentir que se ha estado perdiendo de algo. Es la vida, piensa Emilia, tan cerca y tan lejos. Debería estar sentada frente a su computador y acabar de una vez por todas el capítulo que está revisando, o ir a comprar dos faldas de tela vaporosa, o pasar por la farmacia, pero en cambio recorre con decisión las cuadras que la separan de la librería, y entra en ella como quien cumple una consigna. Y en verdad que la tiene. Desde que vio reseñado un libro hace unos días la persigue implacable el deseo de leerlo. Ya. De inmediato.

Al entrar se tropieza con un tipo con la cara llena de pelos disparatados, en la que sobresale la nariz enrojecida, llena de poros abiertos. Una fresa que se pudre. Concentrada como está en ese órgano pierde por un momento la conciencia de que conoce al personaje. Pero si es ese colega del periódico en el que tuvo su primer trabajo, un seudoescritor jactancioso, un simulador deshonesto al que no ve hace muchos años y al que acabaron echando. Desde esos tiempos era ya evidente que se detestaban. Se saludan como de paso, sin detenerse, pero ella alcanza a echarle un vistazo a su figura envejecida, desastrada, un poco mugrienta, que le hace pensar en la probable existencia de una justicia divina que lo ha hecho derivar en un pobre diablo, desprestigiado e insignificante. Sólo el tiempo es capaz de señalar la rotundidad del fracaso. Lo olvida de inmediato, sin embargo, y se concentra en los títulos de las novedades.

Es verdad que siente un tanto de fastidio en esta librería caótica, que luce como un plus su abigarramiento enloquecedor. Pero es la que le queda más cerca. Sí, sí lo tienen, pero ya con el libro en la mano ella da una vuelta más mientras la conciencia le dice que se detenga, que ya basta, por favor, robada sin embargo por la compulsión, por una curiosidad exaltada, por la anticipación de la dicha. Sale con cuatro libros en la bolsa.

Ya en la casa se sirve un café, pone música, se estira en su sofá descolorido y comienza a leer. *Aquí vamos a tropezarnos constantemente con el individuo que envejece* —lee— *ya sea este hombre o mujer*. Poco a poco va entrando en las páginas como en un agua tibia, acogedora, consciente de la transgresión de la huida, de la irresponsabilidad adolescente, del peso de sus piernas y de la levedad de su cabeza, de ese hormigueo maravilloso que la recorre como un orgasmo. El dulce placer de procrastinar.

11

—¿A qué hora se van? —pregunta Angélica por WhatsApp. ¿Cuándo vuelven?

Emilia agradece que su hermana quede con todo el peso de la responsabilidad y piensa que le traerá un buen regalo.

—¿Con quién chateas a esta hora? —pregunta el marido.

Mejor llevar de todo, no sea que en La Habana uno se enferme y por allá no se consigue nada, dice Emilia abriendo el cajón de los remedios acumulados durante años. Restos de antibióticos, de cremas dermatológicas, de ungüentos para los ojos —serán para ojo seco o conjuntivitis o para las alergias, ni idea—, de jarabes para la tos, de gotas homeopáticas, de antiespasmódicos. Cuando vuelvan le dirá a su marido que haga ahí un poco de orden, aunque ya sabe que va a empezar a renegar, qué locura es esta, eres una hipocondríaca. Va sacando, sobres para la diarrea, antihistamínicos, antipiréticos, analgésicos, desinflamatorios, curas. Pomadas para la artrosis. Puro miedo es lo que empacas ahí, dice el marido, que tiene una salud a toda prueba, que está siempre impaciente porque a Emilia en los viajes, además de su dolor crónico, le duele la cabeza, la rodilla, la boca del estómago. No has pensado en que sea psicológico, repite. Es psiquiátrico, contesta ella, exhibiendo sus dientes apretados, con una sonrisa que quiere parecer demente.

Sábado. Una última visita al padre. Allá está Angélica, que revolotea de un lado para otro, con un trapo en la mano y una cara adusta. El trapo disociador, lo llama Emilia. El mismo trapo que su marido, ahora que ya no trabaja, agarra cada tanto en medio de una conversación para ponerse a limpiar el marco de un cuadro, las huellas de dedos sucios en un switch, pero sobre todo para hacer ver que Mima hace mal su oficio. Tal vez sea, especula Emilia, que su hermana le teme a la conversación. O que necesita saberse útil. Aunque, pensándolo bien, no es sino otra forma de esa elusión suya de lo que no sea concreto. Una lista de tareas, eso es lo que ha sido la vida de su hermana, que alguna vez fue la reina de la especialización: años y años de maestrías y doctorados sobre la función ecológica de los artrópodos, pues su reino ha sido siempre el de lo pequeño. Hasta que la madre enfermó. Y entonces lo abandonó todo: investigación, laboratorios, conferencias. Durante seis meses fue a diario a acompañarla, con dedicación obsesiva, a pesar de que la asistía una enfermera. Por aquellos días, recuerda Emilia, los whatsapp cambiaron de naturaleza: Mi mamá no ha hecho sino dormir. No me gusta del todo esta enfermera. Voy a comprarle otra almohada. Creo que los médicos se están aprovechando. Quiere dulce pero no voy a complacerla, eso puede hacerle daño. Emilia iba corriendo a ratos. Y a ratos huía. La bondad de su hermana era como una piedra sobre sus hombros. Admiraba su persistencia heroica, la agradecía infinitamente, pero sentía una incapacidad total de asumir un papel igual. Puro egoísmo *mío*, se repetía, entre el cinismo protector y la vergüenza.

Esperaban ver hoy a Luciano, que hace meses que no aparece, pero a última hora él ha enviado un whatsapp diciendo que le salió el mismo viaje urgente de todas las veces. Ay, Luciano, tan lejos del muchacho divertido que fue, del sencillo arquitecto que fue, dedicado ahora a andar de congreso en congreso, convertido en vedete, metido en proyectos enormes en lugares enormes y lejanos. El marido, que ha ido con Emilia a visitar al padre, se despatarra en un sofá con los ojos clavados en la pantalla del teléfono. Apenas puede, Emilia echa un vistazo por encima de su hombro, y ve que está jugando solitario. Siente que la sacude un golpe de furia, pero se recompone para no dañar el rato. ¿Qué le costaría hacerle un poco de conversación a su padre? Y colgada de esta vienen otras preguntas. ¿Seré una moralista? ¿Por qué siento este desprecio por esa forma de matar el ocio? ¿Soy todavía una arrogante, la malcriada que fui tanto tiempo, cuando miraba a todos con aire de superioridad? Busca afanosamente un tema. Un tema que no llega en su auxilio. Entonces es el padre el que viene a romper el silencio. Señalando al marido con un gesto de la barbilla dice en voz muy baja, con un mal disimulado sarcasmo, como si hablara sólo para Emilia: tan ocupado siempre.

12

Todavía el avión no ha terminado de decolar cuando su marido, después de pedir un whisky, escoge una película y se acomoda los audífonos. Ese gesto, que se repite todas las veces desde hace no sabe cuánto, en cada viaje, hace que Emilia sienta siempre un momentáneo desamparo, similar al de un niño cuando su padre le zafa la mano mientras caminan en medio de una multitud. ¿Qué querría, pues? La respuesta es cursi: una mano sobre la suya, o tal vez una conversación animada. Pero no. Ella sabe que si a partir de este momento se le ocurre hacer algún comentario sobre el libro que está leyendo, o sobre cualquier idea vagarosa, se sentirá disuadida por aquellos audífonos. Y que si el deseo de hablar es impostergable, se va a encontrar todas las veces con la cara siempre sorprendida de su marido y con el gesto de desprenderse un audífono mientras acerca la cabeza a la suya con una expresión de alarma o de molestia incontrolada que apaga en sus labios lo que va a decir o la hace resolverlo en una frase rápida. Cuando viaja sola, en cambio, Emilia se sumerge en la burbuja de su silencio, y no es raro que mientras flota en ella empiecen a brillar hallazgos.

No entiende cómo los pasajeros bajan aprisa las cortinas de las ventanillas para concentrarse en las pantallas o dormirse de inmediato, mientras afuera está el espectáculo de las nubes. De niña la conturbaba ese infinito atravesado por rayos de luz que se le antojaban divinos, y le revelaban, o eso creía, el sentido de la palabra eternidad. Desde el aire la ciudad le parece ajena, bien trazada, incluso hermosa. Sus sentimientos son ambiguos: por un lado, le cuesta desprenderse de ella, no porque le tenga apego sino porque se siente raptada de la escritura de su libro, al que le falta tan poco. Escribir sus crónicas, documentarse, editar, pulir, es, piensa, lo que para su madre quitar el polvo de todos los rincones. Pero por otra parte, siente ya el cosquilleo feliz de la liberación de la rutina, y el tembloroso deseo de ver a Pilar, a Sara, a Roberto.

Piensa en la carta que hace años quiere escribir. Pilar, mi amor. No. Querida Pili. O sin encabezamiento. Hace tiempos quería escribirte esta carta. Me decido, después de muchas vacilaciones, a escribirte esta carta. Te extrañará, Pili, recibir esta carta de una mamá que no te ha escrito nunca. Escribe y borra. Cosas duras. Cosas amorosas. Reclamos. Preguntas. Recuerdos. La carta se hace y se deshace como las nubes deshilachadas de la tarde, hasta que se cansa de divagar y abre el computador y retoma. Se concentra en describir a Betsabé, su carita sin expresión, como desasida del mundo. Y es que Betsabé perdió el habla. Fueron tres soldados, le explicó la madre. Dirá tres hijos de puta, estuvo a punto de soltarle Emilia. Cuando la encontraron en una hondonada, las manos las tenía todavía amarradas con un zuncho de plástico. La espalda llena de escoriaciones, el cuello amoratado, las piernas con quemaduras de cigarrillo. La madre tenía esa mirada eternamente triste de los ofendidos. ¿Y el padre? No hay padre. ¿Y el hermano? Hace ya casi dos años que está en el monte, para donde se lo llevaron a los catorce. Mientras hablaba, la mujer estrujaba, una contra otra, las manos oscuras, gastadas, impotentes.

Entre el cielo sin tiempo y la tierra lejana donde Betsabé y su madre sobreviven, se va desenrollando, poco a poco, un cordón umbilical de tinta rabiosa.

Mamá, estás caminando como una gallina, se burla Pilar. Y de repente seria: ¿ya consultaste al médico? En su mirada hay un brillo provocador, y Emilia, que sabe que a su hija le gusta ponerla a prueba, recibe el golpe con una sonrisa forzada. Hace ya muchos años que Pilar hizo de las pequeñas agresiones a su madre un hábito que la regocija, y por lo visto no lo ha abandonado. Me pasa con el avión, contesta Emilia, mientras baja de la mansarda donde durmió unas pocas horas, las rodillas tiesas, una mano en la cadera y la otra aferrada a la barandilla. Es un lumbago, aduce, sintiéndose de repente vergonzosamente vieja. Mamá, eres un desastre. No haces nada de ejercicio, ¿cierto? Su hija acaba de llegar de entrenar y los espera al pie de la escalera con su chaqueta de deporte verde limón, sus leggins azul oscuro y una bandana en la frente, dura y flexible como un junco. Detrás de Emilia baja su marido, pantalón caqui y camisa blanca, los ojos abotagados y enrojecidos por la resaca. Les sirvo un café, anuncia Pilar entrando a la cocina, me baño, y vamos por un brunch. Y tú vístete cuando termines. Le habla a Sara, una figurita de cuento de hadas con un vaso de leche en la mano y una piyama lila de unicornios. Nota que se come las uñas, y que sus deditos tienen lastimaduras, pero no dice nada. Es lo único impropio en esta cocina práctica, reluciente, en una casa donde todo marcha a la perfección. En esa familia se come bien, se practica deporte, se va al trabajo, se tiene mucha vida social. Cada vez que Emilia llega a ese lugar siente que es un pseudópodo, una rémora, un zángano. O peor aún, desaparece.

No está acostumbrada a ser invisible. No en su trabajo. Ni tampoco con sus amigas. Con ellas oscila entre el ejercicio exigente de la discrepancia, el juego verbal o la agudeza imaginativa, y el abandono de sí misma, el relajamiento, la tranquilidad del silencio. Con sus amigas existe. Con Pilar sus bordes se difuminan, su humor se hace opaco, su ironía se vuelve involuntariamente ofensiva.

La blancura de los brazos de Sara es casi irreal; la piel de Pilar, en cambio, es canela oscura, lisa, firme. Mientras las mira, concentradas en sus platos vegetarianos, Emilia admite una envidia liviana, melancólica, inofensiva. Y piensa en cómo sería su hijo. Es la única cuenta que no tiene que hacer con los dedos: tendría veintitrés años, que cumpliría en agosto. Siete menos que Pilar. Jamás hablan en familia de ese bebé cuyo rostro se ha vuelto difuso, en parte porque la memoria lo ha desdibujado, en parte porque su carita fue desplazada en la memoria por la que tuvo a la hora de la muerte, azulosa pero sin rictus, plácida, la de alguien en el que todavía pueden leerse signos de lo vivo pero que se ha vaciado para siempre. Emilia puede todavía hoy devolverse a la sensación de malestar que le causó el silencio en la cuna. Y a la inquietud levísima, como un velo que nubla la visión, que la acompañó mientras se tomaba el café mañanero, con cierta prisa, porque algo le había hablado a su intuición, a su miedo, al miedo que persigue a todas las madres. Ya eran las siete y Pablo todavía no despertaba. Oye que Pilar pide a la mesera más café, que su marido se ríe con las bromas de su yerno, pero ella no quiere ahora desprenderse del recuerdo, quiere hundirse en él, hacerse preguntas crueles, que la lastimen. ¿Sería Pablo un hijo cercano, capaz de abrazarla, o tendría también esa mirada distanciada de Pilar, ese desinterés por su vida? ¿Sería alto, como su marido? ¿A quién le habría heredado los ojos?

Siente algo parecido a un golpecito seco en el pecho, y apura su café para que no se le encharquen los ojos. Durante años lloró también por Pilar, por su dolor de niña de ocho años que pasó del estupor a las rabietas, a los mutismos intempestivos. Por Pilar, que ya no tenía a quién hacerle cosquillas, y que había entendido de golpe que la muerte repentina es sobre todo irreal, como el sonido de fondo de los silencios nocturnos. Cómo lleva Pilar ese dolor es algo para ella desconocido. Tampoco con su marido hablan ya de Pablo. Pablo. Qué nombre tan remoto y sin embargo tan lacerante, a pesar de haberlo oído durante años y años en otras bocas refiriéndose a otros. Pero Pablo es uno solo para ella. Como esa pena que hizo su nido en su interior. Como ese pájaro que hurga todavía en esa vieja llaga.

Debes deshacerte de todo, le habían dicho sus amigas y también su marido, no te aferres a lo que va a atormentarte. Pero Emilia había reservado un espacio en el clóset del que alguna vez fue el cuarto de Pablo para guardar unas pocas prendas, no porque pensara en tener otro hijo, eso no, sino por miedo a que aquellos once meses de apegos, cuidados y aprensiones se evaporaran como una ensoñación, una fantasía de su imaginación, una mentira. Y allí se habían quedado, saquitos y camisetas y mamelucos, doblados con cuidado, como esperando un futuro. Muy de vez en cuando Emilia entraba allí en busca de alguna otra cosa, una manta o una almohada, y se topaba con aquel montoncito inerte que le hablaba de un pasado remoto, pero también de un vacío que se encadenaba a otros vacíos que el tiempo había ido sumando, haciéndola sentir a ratos como un muñeco de cuerda que ha extraviado su llave. A veces hacía como que no lo veía, porque procuraba eludir cualquier tipo de autocompasión, pero en otros momentos sentía una punzada donde dicen que se sienten las penas. Un día el marido llegó de su oficina de abogados cargado de cajas con carpetas y libros, y dijo, con rotundidad, que ahora ese cuarto sería su lugar de trabajo, que necesitaba espacio para acomodar sus carpetas, y puso manos a la obra, estas tablas no encajan bien, maldecía, qué habrá pasado con las clavijas, gritaba, impaciente, por qué guardas todo lo que se te pasa por la cabeza, esta casa es de locos, hasta que ella oyó el golpe y salió de su estudio y vio aquel pequeño desastre: en el piso los sacos de lana, el álbum de fotos, las camisitas amarillentas en los bordes, y ella se detuvo sin palabras, como frente a un sacrilegio, a un despojo, a una bofetada que te deja humillado, sin fuerza ni siquiera para llorar. Tal vez, piensa ahora, con benevolencia, ya sin rabia, esa fue la forma primaria, brutal, en que su marido logró protestar, tantos años después, por esa muerte gratuita, inexplicable, que nunca lloró de forma abierta. O la manera de reprocharle a ella el gesto sentimental de aferrarse a lo perdido. O tal vez, por qué no, una acusación tardía, basada en la sombra de duda que quizá lo había acompañado todos esos años, una forma de decir lo que nunca dijo, de pronto le diste más jarabe del indicado, lo tapaste demasiado, lo dejaste durmiendo en su cuarto a sabiendas de que le estaba empezando un resfriado. Aunque esas eran, más bien, las preguntas que Emilia un día decidió no hacerse más, porque la conducían al borde de un abismo que la llenaba de terror.

Miren con disimulo. A mi izquierda, dice Pilar. ¿Saben quién es? Emilia ve a un hombre viejo, viejísimo, de cejas despeinadas, patillas de prócer, la cara llena de esas manchas difusas que van marcando la vejez. Ni idea, dice, mientras el yerno murmura que se parece a Christopher Lee. *Es* Christopher Lee, dice Pilar entre dientes. Christopher Lee está muerto, acota Emilia con seguridad, pero vacila cuando registra la mirada penetrante y el porte digno del que se sabe todavía observado y reconocido. Qué señor tan raro, dice Sara, queriendo decir qué viejo, con un gesto que aparenta asco. No, se parece pero no es, insiste el yerno. Y además, qué iba a hacer aquí. Miran en Google. Nació en 1922, dice Roberto, el marido de Pilar, que se ríe incrédula. ¡Uff! Entonces tiene noventa y siete. Pero resulta que murió en 2015, añade el marido. Emilia, todavía confusa, comenta que un tipo *así* no puede ser cualquier tipo. Que ese viejo debe ser, está segura, un tipo famoso. Porque los viejos con un pasado brillante no son invisibles, piensa, como esos otros, los anónimos, aunque todos, famosos o sombras con pasados desconocidos, vayan por el mundo cuidando sus pasos y disimulando, hasta donde pueden, el desconcierto que les produce la traición de su cuerpo.

Sara tiene ese silencio distraído de los niños que crecen entre adultos, pero de vez en cuando mete la cucharada para decir alguna cosa. Emilia le hace preguntas tratando de no parecer una vieja intrusiva, pero las separa un territorio incierto, sin puentes que les permitan encontrarse, y las respuestas de Sara son apenas destellos orientadores que se apagan de inmediato. En ocho días, piensa, apenas si logrará dejar en su nieta una sensación pasajera, que unida a otras sensaciones pasajeras de otros encuentros efímeros solamente servirán para construir en ella un recuerdo desdibujado. ¿Pero es que acaso importa? ¿Es vanidad lo que la anima a dejar una impronta en su única nieta, o un patético deseo de perduración *post mortem*? No. Es el deseo de que Sara se *recuerde* amada por ella.

Emilia no conoció a su abuela por parte de padre, pero de su abuela materna, que murió cuando tenía ocho años, guarda un recuerdo concentrado, intacto, que la hace pensar que nunca se olvida cuánto y cómo hemos querido. Las imágenes que conserva son aisladas pero nítidas. La de una mujer enorme, morena como ella, con ojos grandes y tristes, como los que tienen las palestinas, y un pelo negro y abundante recogido en la nuca. Pero tal vez su recuerdo se base en la foto que siempre tuvo su madre en una mesa de la sala. También se ve a sí misma ayudando a su abuela en el jardín, o en el suelo, jugando juntas a los palitos chinos, o sentada en una mesa muy alta en la cocina. Han pasado más de cincuenta años, y Emilia puede revivir todavía la dicha del abandono de su cabeza en las manos de su abuela, la felicidad del reconocimiento sin palabras. Un amor así quisiera desatar en esa su única nieta, de la que apenas si sabe los gustos, y a la que sólo la une un vínculo pálido, convencional, hecho de abrazos livianos.

Sara no se parece a Pilar, pero ha heredado sus gestos, la manera de estirar el cuello y subir la barbilla mientras está oyendo a los demás, y también la de abrir mucho los ojos y parpadear cuando una historia le interesa. Emilia tiene grabadas muchas imágenes de la infancia de su hija. Puede recordar incluso cómo la sentía dentro del vientre, los tirones que experimentaba con felicidad y nerviosismo, la ansiedad con la que contaba los días de espera, el llanto con el que la recibió en brazos. Puede también verse a sí misma caminando con ella alzada y recostada en su hombro, donde se ponía un pañito siempre oloroso a leche agria, mientras le tarareaba una canción insulsa, *esa niña que llora en el parque, esa niña que envidia una estrella*, con la ilusión de que se durmiera, por fin. O puede recordarla esperando el bus del colegio, con su pelo rizado lleno de ondas de luz rodeando su carita redonda, y la actitud circunspecta que tuvo siempre. Puede revivir el cosquilleo de su amor palpitante, su arrobamiento cuando veía su cuerpo delgado de bailarina, su cuello larguísimo, su modo de mover las manos con una delicadeza que ella nunca tuvo. Un amor así, luminoso y sin interés ninguno, no volvió a sentir jamás, pero quedó marcado en su cerebro y en su piel para siempre. ¿Tal vez por Pablo sintió algo semejante? Ya no puede saberlo con certeza. El golpe de la pérdida, su dolorosa asfixia, debilitó el recuerdo de lo que sentía antes. Que era, según intuye todavía su cuerpo, una mezcla de ternura y placer, de regodeo en sus olores, su piel, ganas de abrazar y besar y jugar y hacer reír.

¿De qué clase es el amor que siente por su padre? Podría decir que se trata de un sentimiento apacible, que pareciera venir de muy lejos, de una instancia ajena, al que últimamente se le ha añadido una dosis de conmiseración y tristeza. A sus hermanos los quiere de manera distinta. El agradecimiento y el cariño que le tiene a su hermana vienen mezclados con una aprensión semejante al que le producía abrir las talanqueras de los caminos cuando montaba a caballo en la finca de sus abuelos. Siempre tenía temor de que se devolvieran y el caballo se encabritara y la lanzara al suelo. A su hermano Luciano lo quiere con la nostalgia que se siente por lo perdido, porque también se hace duelo por los vivos. Aunque, la verdad, es como si ya hubiera muerto y guardara en un cofre, al lado de sus mejores recuerdos, una rabia no saldada por haberlos abandonado. ¿Y a su marido? Los muchos años juntos parece que los hubieran soldado, convertido en un par de siameses que se necesitan, se quieren, se estorban y se odian. Una relación donde no cabe la indiferencia. Lo más parecido a esta es el desdén, que de vez en cuando, sin embargo, da un coletazo y luego permite que surja, como una ráfaga, la admiración de otros tiempos. El amor por Pilar ya no es el sentimiento deslumbrante, lleno de temblores y descubrimientos, que sentía por aquella niña que la abrazaba como si no quisiera perderla. Es el amor desolado del que se despide en un aeropuerto a sabiendas de que la separación va a ser larga. Un amor que se resigna, con dolor, a la idea de que la lejanía es tan grande que volver a encontrarse será difícil.

Al final del día, mientras los demás descansan, Emilia acompaña a Pilar al parque, donde va a entrenar otro rato porque la media maratón será en tres semanas. Se acomoda en una banca cercana al lago, en el que hay todavía gente remando. La tarde conserva una última claridad, y un vientecito refrescante comienza ya a mover las copas de los árboles. A cierta distancia, por la vereda dispuesta para tal fin, pasa en forma desgranada un ejército de trotadores fríos y ensimismados, algunos con la cara marcada por el rictus del esfuerzo. Todo es hermoso, lejano y sereno como en una película, y es justo esa sensación de enajenamiento la que complace a Emilia, haciéndola sentir libre. Allí no tiene nombre ni profesión ni obligación de hablar con nadie. Pero apenas esa idea pasa por su cabeza, ve que un anciano se dirige a la banca desde la que contempla el paisaje con su libro sin abrir entre las manos. Algo en el personaje no le gusta del todo. Tal vez sea el desgreño de su pelo o la boca que parece hinchada, o esos pantalones de paño que caen en pliegues sobre sus zapatos, tan inadecuados para este clima. El hombre se acomoda en el otro extremo de la banca, y ella considera por un momento cambiarse de sitio, pero la detiene un tonto escrúpulo de su educación más remota. Cuando a su nariz llega un leve olor a cerveza y a ropa muy usada decide pararse, pero un segundo antes el hombre comienza a hablarle. Señora, le dice, me podría decir qué hora es. El viejo truco, piensa ella, y sin embargo le contesta, en tono neutro, desatenta, que son las seis y media. Hace mucho que no salía de casa, dice él, pero la tarde estuvo calurosa y en la televisión no había sino basura. Emilia lo oye con incomodidad, pero sigue allí, sin mirarlo casi, aunque con una sonrisa involuntaria en los labios. Este es mi banco, ¿sabe?, dice el hombre, con una voz gutural que le recuerda la de su padre. Aquí vengo algunas veces, cuando me animo, porque me gusta contemplar el lago. Emilia ahora siente que debería ser gentil, decir algo a aquel anciano desastrado, pero no sabe qué. De repente ha sentido una lejana ráfaga de empatía. Ha leído que muchos ancianos en estos países duran días sin hablar con nadie, y recuerda esa novela de Nicole Krauss en la que un par de viejos hacen el pacto de tocar el uno la puerta del otro cuando no se encuentren, para asegurarse de que ninguno de ellos ha muerto. También recuerda el día en que, en el baño de un cine, oyó una conversación por teléfono. Dígale al doctor, decía una mujer, que necesito una cita urgente. Y después de una pausa, hablando casi en un gemido, temblorosa la voz y tal vez avergonzada: es que me siento muy sola.

Dice cualquier tontería sobre el lago, la tarde, el clima. Añade, sintiéndose estúpida, que ha venido a acompañar a su hija. El hombre se calla y así duran unos minutos, en los que ella siente que sus hombros se tensan. Yo tengo un hijo, ¿sabe?, dice el viejo. Pero hace meses no lo veo. Lanza una risa sardónica, tose. Saca un pañuelo enorme del bolsillo de su abrigo, se suena con un ruido desagradable y vuelve a guardarlo. Mejor así, añade, tan bajo que parece que hablara para sí mismo. Porque es tonto. Y un desagradecido. Emilia intuye que tendrá que oír una historia, y hace amago de abrir su libro. En ese momento aparece Pilar, la piel brillante, la camiseta empapada. Sin mirar al hombre le hace un gesto a su madre para que se levante. Por primera vez, Emilia y el viejo se miran a los ojos, y ella alcanza a ver en ellos un fondo turbio. Se despide sin una sonrisa y se alejan en silencio, como escapando, y después de un rato Pilar murmura, en voz muy baja, como si el hombre pudiera oírla todavía: tú qué hacías hablando con ese viejo cochino.

Esa noche Emilia subraya en su libro: «El que envejece se vuelve feo. Feo es aquello que se odia».

Al día siguiente, domingo, van todos al parque de diversiones y paran en un puesto de donas. Emilia pide cuatro porque Pilar no come dulce. La vendedora dice que si pagan cinco tienen derecho a seis. El marido contesta, con voz áspera, golpeando cada palabra, que ya dijeron que quieren cuatro, no cinco ni seis. La vendedora las empaca sin mirarlo, con aire ofendido. Devuelve un puñado de monedas. El marido pregunta, enojado, si no tiene un billete. Como la mujer dice que no, él la mira a los ojos y, depositando ruidosamente las monedas en el mostrador, le dice que se quede con ellas.

Adelante van Pilar y su marido. La vida ha hecho que cada vez padre e hija se parezcan más. Los mismos pasos rápidos, el mismo sentido práctico, los mismos comentarios despiadados. Atrás va ella, la lunática, sintiendo la quemazón del dolor, la espalda atenazada; y Sara, que va concentrada en un juego que lleva en la mano. Acompaña a tu abuela, Sara, que es muy lenta, grita Pilar. El marido celebra el comentario con una sonrisa. Son amigos, son cómplices. Y Emilia se devuelve a los trece años de su hija, la ve entrar corriendo a la habitación con la voz ahogada, el llanto hace difícil que se le entienda, alguien ha muerto, de su colegio, sí, de su clase, sí, al cruzar la calle, y la voz del marido, del padre, impasible, con crueldad deliberada, desafiante, preguntando por las tijeras que le prestó y no ha recuperado, qué esperas para ir a buscarlas, y en su memoria revientan otra vez la ira, la compasión, la impotencia, mientras trata de acelerar el paso, porque ellos se apresuran al ver el tamaño de las colas para comprar los tiquetes: mamá, por favor, ¿no puedes ir más rápido?

A veces el dolor es eléctrico. Como una descarga que atraviesa la carne. Cuánto de cero a diez, pregunta su médico en cada consulta. A veces cinco, a veces siete, a veces nueve, responde ella, pero lo que quisiera decir es nunca uno, nunca dos, nunca menos de cinco. Dolor siempre. Otras veces el dolor es quemante, agudo. Como un clavo caliente. O profundo, como una espátula que raspa el hueso. Pero ella hace rato que abolió la queja. Porque esta pide un oído, palabras, compasión. Y en cambio puede encontrar sólo silencio, un gesto fastidiado, una acusación. Cuando es insoportable o constante el dolor nos aísla.

El miércoles por la mañana Emilia recibe un whatsapp de su hermana, diciéndole que la resonancia magnética no da resultados claros, y que le preocupa que su padre amaneció con un párpado caído. Añade que para acabar de ajustar Maruja está con una gripa espantosa, en cama, y que a ella le va a tocar reemplazarla. Pregunta cuándo vuelven. Emilia está tentada de contestarle con tres piedras en la mano que hace apenas tres días llegaron, que no la joda. En cambio le contesta que en diez días. Que el sábado van para La Habana. La hermana se silencia y ella se dedica a contestar correos. Antes de apagar el celular lee: 1.503 no leídos.

Durante los días siguientes Emilia y su marido se dedican a recorrer la ciudad con una avidez que por momentos los acerca pero también los separa, cada uno concentrado en sus pensamientos, en su propia mirada, en la energía que gastan en combatir un frío que no estaba previsto y que ha llegado de pronto en forma de ráfagas de viento que les pega en la cara. Una y otra vez, sin querer, van a parar al lago, como si este fuera un astro alrededor del que orbitan, y eso los hace reír y maldecir con la impaciencia divertida del que tiene todo el tiempo para equivocarse. Emilia celebra al constatar que el ritmo, la arquitectura, la belleza y la fealdad son distintos de los de su ciudad neblinosa, donde todo resulta uniforme y previsible. Incluso su marido pareciera contagiarse del aire novedoso que los rodea, y, con su desaliño de viajero, aparece reconvertido momentáneamente en el otro, el de hace años, cómplice y jovial y cercano. La conversación ha resucitado con un brío que hace que Emilia se pregunte si ha sido injusta, si tal vez era ella la artífice del tedio y la monotonía, si quizá se ha vuelto una persona aburrida y predecible. Y se abandona, se olvida de calcular y de medir, y da rienda suelta a su entusiasmo, desata el freno que siempre lleva puesto frente a su adversario. Qué dicha da recuperar. Pero es una ilusión, Emilia, no te entusiasmes. En el bar donde han hecho una pausa para descansar, después de un primer trago, ella le pregunta a su marido cómo le parece el libro que le regaló y que él lleva ya por la mitad. Bien, contesta él, con esa sequedad imprevista que a ella siempre la asusta, la que hacía que su madre lo encontrara brusco. Alcanza a avizorar el peligro, pero lo desafía porque necesita una constatación. Pero bien qué, le insiste Emilia. Ya te dije lo que pensaba, contesta él. Pero apenas llevabas dos cuentos, objeta ella, sintiendo, como tantas otras veces, que una tensión empieza a templarle los hombros. ¡A mí no me hagas exámenes!, dice de repente el marido elevando la voz, sin importarle que algunos volteen a mirarlos, y a ella, a pesar de estar advertida, esa respuesta intempestiva la avasalla y la repliega al lugar protector del silencio.

Terminan de tomarse el margarita que pidieron en una momentánea exaltación romántica que quería estar a la altura de estas vacaciones inesperadas. Emilia siente que al cansancio del día se le superpone ahora la humillación, hundiéndola en el lodazal de desasosiego que conoce tan bien. Desde donde está puede ver a unos enamorados mirándose con ese embelesamiento bobalicón que revela la etapa de la seducción mutua en la que están. Se imagina qué les diría, con rabia y determinación, si actuara como una loca y se sentara a esa mesa, pidiéndoles atención por uno momento. Qué revelaciones sobre el amor les haría con una crueldad deliberada, casi infantil, como cuando su primo le contó que Papá Noel son los papás. Pero ellos no creerían ni una sola de sus palabras. Porque el enamoramiento es un espejismo que no quisiéramos despejar, jamás.

Ha intentado discernir cuál es la mecánica de los constantes desencuentros con su marido, de modo que lleva meses en observación secreta de posibles causas y efectos, tonos, matices, reacciones, dedicada a dilucidar un fenómeno natural con sus propias leyes y enunciaciones. Hay veces que ella formula una pregunta y él contesta en un sentido raro, tocando el tema pero de una manera tangencial, dirigiendo la respuesta a un lugar insólito, que le hace pensar en ese juego tonto del teléfono roto, en que la rapidez de lo dicho convierte las frases en un sinsentido. Su marido —conjetura— se contesta a sí mismo lo que su cerebro formuló a partir de sus palabras, como si en el disco duro de su cabeza ya no hubiera lugar para información distinta a la almacenada. En otras ocasiones, él revira, ofendido, como si ella hubiera pulsado una cuerda sensible. La hace sentir mezquina. Ay. Tal vez sea, tan sólo, el choque de dos lógicas por completo distintas. A ratos Emilia se defiende, ataca, argumenta. A ratos piensa, sin embargo, que, como en las últimas conversaciones con su madre, resulta menos costoso claudicar, dejar los hilos sueltos, aceptar las monsergas de su marido con una impavidez que se parece a algo que aborrece: el cinismo.

Sobre la mesa de la sala siguen, después de seis días, los regalos que le trajo a Pilar: una bufanda, un libro, una carterita de cuero. Y unos dulces que nadie ha abierto. ¿Te leíste la crónica que te reenvié antes de viajar?, le pregunta Emilia. Pero a qué horas, mamá, protesta su hija, adelantando la cabeza, abriendo los ojos, con una sonrisa de incredulidad. ¿No ves lo que es mi vida? Está incompleta, argumenta Emilia, balbuceante, ya arrepentida de su tontería, pero me gustaría... Y deja la frase a medias. Yo la leo cuando pueda y te escribo. Y Emilia asiente, por asentir. Tal vez, se dice, Pilar heredó su parte más dura. Y también: qué miedo nos da la indiferencia de un hijo. Y, finalmente: ¿qué debería esperar?, si sólo soy su mamá.

Te quiero hacer un regalo, Sara, algo que quieras mucho. ¿Será que nos vamos al centro comercial? Sabe que es un truco barato, pero es la última carta que se juega para construir una complicidad momentánea, y sentir que no todo son cuerdas rotas, esfuerzos fallidos, vacíos. La niña sonríe con timidez, estira los brazos hacia adelante, como un gato que se desperezа, y no dice nada. Con su uniforme de colegio y su largo pelo revuelto promete ya una adolescencia espléndida. El marido se acomoda frente al televisor con una cerveza en la mano para ver un partido, y Emilia y Sara caminan las seis cuadras que las separan del mall más cercano. La niña propone que jueguen a que ella va sola, y Emilia acepta, divertida. Sara toma la delantera y empieza a caminar como alguien que a los siete años se ha independizado por fin del mundo adulto y domina el camino sin vacilaciones. Cada vez que llegan al borde de una calle transitada Emilia, se ubica a su lado como si no la conociera, y, siguiendo un pacto tácito, atraviesan la vía con la misma decisión, las dos mirando hacia adelante. Cada tanto Sara la mira por el rabillo del ojo para ver si su abuela sigue ahí. Y así atraviesan el umbral del enorme edificio, donde vuelven a unirse con una sonrisa maliciosa, como reconociéndose.

Cuando regresan, Sara con un morral, un libro y un sombrero de lana nuevos, ya son las ocho, y Pilar y su marido están sirviendo la mesa. En esta casa la coreografía es perfecta y los movimientos precisos: platos de los que brota humo y una armonía que se traduce en gestos y palabras cordiales que a Emilia por momentos le parece irreal. Quizá sólo sea, piensa, que Pilar quiere mostrarle que la felicidad sí existe, ya que desde siempre fue testigo de la tensión chirriante entre ella y su marido, de sus silencios enconados, de la ironía mutua. Pero este pensamiento es mezquino y la avergüenza. Tal vez así sea la vida de muchos y ella no lo sabe. Tal vez, incluso, así podría haber sido su propia vida.

De repente una chispa se enciende en su mente. O lo que se le antoja una revelación. Lleva tiempo diciéndose que tantos años de frialdad de Pilar, de desdén, de desapego, tienen que tener una razón. Y ahora, de repente, sentada a esa mesa, sintiéndose, como siempre, desdibujada, ya cree saber qué fue. Recuerda los argumentos de su marido. Se ve a ella misma presionando, suplicando, incluso. Y él empeñado en decir que no, no, no, no, hasta ganar la partida. Fue hace muchos años, en una época dura, en la que ella estaba desempleada y no tenía cómo ayudarle a Pilar. Ahora se odia por haber cedido, por no haberse erguido como una leona, por no derrotar el egoísmo de aquel hombre. ¿Pilar supo o no sus razones? Da lo mismo, porque a los padres se les suele absolver, a las madres no. Y recuerda el día en que ella misma, a los dieciséis años, parada en el marco de la cocina, entre gritos y lágrimas, le hizo a su madre el inventario de agravios recibidos desde que era niña. A su madre. A su padre jamás. Tal vez algún día Pilar se anime, por qué no, a hacerle su propia lista.

Se ha quedado absorta, estupefacta, anclada en lo que cree haber descubierto. No sabe si sentir alegría o tristeza. Pero comprender ayuda. Su yerno abre una botella de vino y hacen un brindis que incluye a Sara con su vaso de jugo. Emilia mira a su nieta a los ojos, buscando complicidad, pero la niña ha regresado a su lugar de pertenencia y la elude, devolviendo a su abuela, sin querer, a ese territorio fuera de base al que vuelve siempre que está allá, irremediablemente.

13

Su último viaje a La Habana fue hace seis años, cuando vino a un cubrimiento al que la envió una revista, pero ha estado aquí antes, muchas veces, tal vez cinco o seis, y ya no le late el corazón de dicha, como en los primeros tiempos. Es verdad que siempre termina rendida ante los encantos de esta ciudad imponente y desvencijada, pero también ha conocido su parte sórdida y desconsoladora y ha tenido que oír historias que la han hecho llorar, como la del padre que tuvo que dejar que su hijo de quince años se fuera en una balsa y al que ocho años después seguía sin ver. O absurdas, como la de la muchacha que trabajaba en un centro cultural manejando las comunicaciones por internet, y fue viendo cómo colapsaban, uno tras otro, los computadores obsoletos. De modo que, aunque no podía hacer su trabajo, un año después seguía yendo día tras día —pues necesitaba el sueldo—, mientras maldecía las horas vacías que la estaban volviendo loca. Y recuerda aquella vez en que en la mesa de entrevistas no sólo estaba su entrevistado sino también, en el otro extremo, hundido en su traje, se encontraba un hombre oscuro, un burócrata que sin vergüenza ninguna tomaba notas acuciosamente en una libreta.

Su marido, que vino sólo una vez, hace veinte años, está anhelante de reconocer la ciudad, de medir sus transformaciones. Emilia hará de guía, una tarea que le gusta mucho, y ha planeado ir más allá de lo consabido, del paseo por el malecón o la calle Obispo. Tratará de que se vean con dos o tres amigos y lo llevará a esos sitios escondidos que conoció hace tantos años de la mano de Igor.

El hotel al que siempre regresa Emilia es un viejo edificio cercano al malecón, que oculta muy bien su inevitable deterioro detrás de un aire aristocrático todavía intacto. El amplio hall, con muebles de un drapeado vinotinto, vive repleto de huéspedes de todas las procedencias, la mayoría de ellos europeos en shorts y sandalias que vienen a intentar entender este país detenido en el tiempo, o a beberse todo el ron del mundo y a intentar conseguir mujeres. Ella sabe que en el bar pueden encontrarse tanto un empresario ruso o árabe como una actriz conocida, un escritor de izquierda o un sindicalista suramericano que ha venido a una convención o a un foro. La señal de internet es débil, y frente a los computadores siempre hay una pequeña cola de impacientes. Aquí su teléfono móvil no sirve para nada, así que decide apagarlo durante su estancia en la ciudad. Tomar esta decisión la llena de alivio. Ya entregó su artículo a la revista, con Mima hablaron por teléfono hace dos días y contó que todo va lento pero bien, y su hija no va a preocuparse por no tener noticias suyas. Lo único que podría inquietarla sería la salud de su padre, pero se hace a la idea de que todo seguirá normal. Al fin y al cabo, nada grave estaba pasando. Desde la puerta del hotel alcanzan a ver el mar. La brisa, el olor a yodo y a madera húmeda y el cielo clarísimo la llenan de repentina euforia.

Camilo es enorme, pesado, con una barba despeinada y dientes pequeños. Fuma puro y su ropa huele a jabón y a humo. Emilia reconoce otra vez, gozosa, la agudeza de su pensamiento, y sobre todo su pasión por ir al fondo de las cosas, por desmenuzarlas y someterlas a la prueba destructora de su escepticismo. Si sobreviven, sin embargo, se hace un creyente en ellas. Allí, en la terraza de un bar que hace cinco años habría sido imposible que existiera, celebran sus chistes sobre el régimen. A pesar de sus críticas y de su burla a los excesos burocráticos, no hay en él ni virulencia ni rencor. Emilia se da cuenta de que Camilo, que no quiso marcharse del país cuando su mujer y sus dos hijos lo hicieron, ha pactado con la vida que asumió al quedarse. No es resignación ni cinismo, sino algo parecido a la plenitud del que tiene capacidad de goce. Reconoce que no encajaría en los Estados Unidos, que lo retienen sus padres, viejísimos, y el confort del pequeño departamento donde vive hace más de treinta años. Allá estuvo Emilia alguna vez. Música, música por todas partes y un poderoso olor a café y a plantas húmedas. Quién sabe qué apegos o qué nostalgias lo han hecho quedarse. O qué miedos. O quizá, por qué no, el rescoldo de alguna fe en lo que algún día creyó. Hablan, porque es imposible no hacerlo, de la política local, siempre cambiante, y de La Habana cada vez redescubierta, de su belleza, de sus ruinas, de su dignidad, de sus precariedades. Que si quieren ir a la fiesta de unos amigos, les dice después de un rato Camilo. Y sí, por qué no. Van a ver algo que aún no han visto, anuncia él, con aire de misterio y una sonrisa inquietante.

En efecto, ni algo así había visto Emilia en sus anteriores viajes ni habría podido imaginarlo. Detrás de la puerta modesta, se expande, sorpresivo, un enorme jardín, al fondo del cual se dibuja la casa de una sola planta, blanca y contundente, de formas cúbicas, simplísimas, como las que se levantaron por allá en los años cincuenta en tantas ciudades latinoamericanas. Atraviesan la sala y el comedor, amplísimos, y desembocan en un patio cubierto que da a la piscina, donde treinta o cuarenta personas celebran a la anfitriona, una mujer gorda con cara fresca y alegre. Todavía más allá, como telón de fondo, está la masa oscura del mar, salpicada por las luces de muchas embarcaciones. Ese es su esposo, chismea Camilo, y ellos detallan a un hombre calvo, cetrino, vestido enteramente de negro, un iraní dueño de un astillero, aclara, que se radicó en Cuba hace treinta años pero que va y viene, que invierte en arte y se ha convertido en un experto en santería. La muchacha altísima de bata de seda floreada y coturnos es su hija, que trabaja como modelo en Alemania y ha venido sólo por unos días a celebrar el cumpleaños de su madre. Y ese de allá es un pintor cubano que vende muy bien afuera, y la mujer de barbilla afilada y aspecto andrógino la exmujer de un líder de la revolución que ahora es *marchand* de arte. El negro alto, vestido con una túnica azul marino, es un poeta de Surinam que está de paso. Bien podría ser esta una fiesta neoyorkina, por la excentricidad de los atuendos, los acentos extranjeros, el caviar ruso, la salsa y el son cubano, las lámparas *art nouveau*, el enorme cubo negro en mitad de la sala. Emilia trata de fijar en su memoria todos los detalles mientras deja que le llenen el vaso de ron, diciéndose que esto que ve podría hacer parte de una crónica estupenda, si lograra encontrar todas las piezas, claro, de este rompecabezas donde nada termina de encajar, donde todo pareciera estar siempre al borde de lo absurdo, de lo inexplicable.

Emilia va rotando de grupo en grupo, silenciosa, con una sonrisa en los labios que pretende disimular que toma nota, y se va abandonando, con una suave deliberación, a la molicie causada por el ron. Es tarde ya, y se siente exhausta. Desde donde está puede ver que su marido, en un rincón de la sala, se inclina sobre una mujer rubia de muchas carnes, que lleva una falda negra de encajes. Entonces, aprovechando que nadie va a echarla de menos, se desliza más allá de la piscina, por un terreno desigual, hasta un lugar solitario, de cara al mar. La brisa llega fuerte a ese sitio, desde el que puede ver cómo el agua se riza, se llena de ribetes luminosos cuando pega contra la costa rocosa con un ruido adormecedor. Iluminada a medias por un farol se ve, abajo y a la izquierda, una casa de madera, una especie de refugio de pescadores, según se deduce de los pequeños botes anclados a la orilla. Del otro lado, sólo un terreno agreste cuyos límites se pierden en la oscuridad. A ese momento de soledad se entrega Emilia con una laxitud que proviene tanto de la ebriedad como de la sensación de libertad que le provoca esa huida de un mundo que de repente ha dejado de interesarle. ¿Qué entiende un turista que apenas se asoma por el ojo de la cerradura a una realidad cuyos engranajes desconoce?

Y entonces, de la nada vaporosa surge una imagen remota que la asalta por sorpresa: ella es una niña muy pequeña, de cuatro o cinco años, y está enferma. Y a su cuarto entra su padre, que viene del trabajo, y le trae un juguete de caucho, un elefante de un color azul pálido. Con una ternura ansiosa la saca de debajo de las cobijas, la sienta en sus piernas y la aprieta contra su pecho. Y ella puede sentir su olor, en el que se mezcla el ya muy remoto aroma de la loción que se ponía cada mañana con el de su vestido de paño, impregnado de la sustancia con la que su madre lo cepillaba. Y pegada a la imagen aparece la sensación, tan difícil de encontrar si la buscáramos, de la intensidad de aquel abrazo, de su carácter protector, y de la levedad de los besos de su padre en su cabeza rizada. ¿En qué momento su padre dejó de abrazarla así?, ¿en qué momento permitió que el miedo de no estar a la altura de su tarea educadora lo convirtiera en un hombre severo, castigador, cuyo cariño se expresaba sólo en exigencias y mandatos? A veces quisiera volver a sentir abrazos así, tener un pecho dónde recostar la cabeza, que alguien bese su pelo como se besa a un niño.

Y entonces, otra vez, el pensamiento mágico la traiciona. ¿Por qué la ha asaltado esa imagen? ¿Será que su padre se ha agravado?, ¿quizá ha muerto? Oye pasos en la grama. Tal vez sea su marido que ha venido a buscarla. Ve la camisa blanca que brilla en medio de la oscuridad, la figura que se acurruca a su lado y que le pregunta con voz suave si se encuentra bien y siente una mano que repentinamente le acaricia el cuello y la hace salir de la bruma de sus pensamientos. Estaba deseando un abrazo y ahí está la mano de Camilo, en una caricia inesperada que ella no sabe cómo interpretar, pero que no rechaza, en parte porque no sabe si es una insinuación o un mero gesto de cariño, en parte porque siente que es lo que está necesitando. Pone la suya sobre esa mano grande y un poco regordeta, y sonríe mientras musita, sí, estoy bien, invadida de repente por una oleada de calor que le sube hasta la cara, mezcla de deseo y desolación, de afecto entrañable y conciencia de extrañamiento. Los ojos se le llenan de lágrimas. Estoy borracha, piensa. Ya no sólo los abrazos del padre son irrecuperables, sino también los otros: los de Pilar, los de Sara, los de los hombres que alguna vez quiso, incluso los de su marido. Se siente a millones de años luz del amor y hasta de los recuerdos del amor. Cree sentir los labios de Camilo sobre su cabeza. O tal vez sea su imaginación. Comprende que es hora de volver adentro, y se incorpora pesadamente, como si acabara de salir de un sueño profundo.

Emilia se enferma con facilidad. Nimiedades. Además de su eterno lumbago, de su incipiente fascitis plantar, de su estómago inestable, gripas y gripas y gripas. Para su marido, la buena salud es un mérito, la enfermedad una culpa. Cuando regresa resfriada de uno de sus viajes a esos lugares lejanos, a los que él nunca iría porque por allá uno qué hace, la mira meneando la cabeza, como diciéndole eres incorregible, eres un ser anómalo, cómo te las ingenias para enfermarte cada vez, entre irritado y complacido de confirmar su teoría: eres un espécimen débil, de esos de los que la naturaleza se desembaraza fácil. Por eso Emilia siente una ligera satisfacción cuando él le dice al día siguiente, a media tarde, que no se siente bien, que tiene malestar estomacal, náuseas, que algo de anoche le cayó mal, que preferiría quedarse un rato en el hotel. Ve tú a dar un paseo, propone el marido, esperando, cree Emilia, que diga que no, que ni más faltaba, que no va a dejarlo solo. Pero ella no va a decir que se queda, eso no, y anunciándole que no se demora sale a la avenida y le pide al conductor del Buick descapotable rosa con blanco, que está estacionado en la entrada esperando turistas, que le dé una vuelta de media hora y la deje luego en el centro. Son treinta dólares, dice el hombre de ojos amarillos y cola de caballo, con el que durante todo el trayecto tiene una conversación animada, que la hace reír a carcajadas. Son maravillosos los cubanos, piensa, a sabiendas de que, como a todos los turistas, la está estafando. Cuando la deja cerca de la catedral es más de media tarde y una brisa ligera alivia el calor habanero. La idea es recorrer las calles que recorrió en aquellos días con Igor, buscar el taller de arte de su amigo Alex, en la calle Oficio, tomarse un mojito en el patio lleno de gatos atendido por una francesa vieja que llegó a La Habana atraída por la revolución y que terminó quedándose. Pero no, Emilia no logra ubicarse. Busca un portón con incrustaciones de bronce que tiene en su memoria, una callecita ciega y colorida, el parque con vista al malecón donde terminaron sentados una tarde, hace ya tantos años, escapados de aquel congreso insoportable, pero es como si se hubiera metido a la sala de cine equivocada, la película no coincide con lo que anunciaba la cartelera, de modo que renuncia a la búsqueda, qué más da, y decide ir al garete, ya no anclada al pasado sino al presente, y entonces todo cambia, su mirada puede posarse en las cosas nunca vistas, en una aldaba, un torno, una mujer que extiende ropa en lo alto de un balcón.

Qué será de Igor, se pregunta, ya no frente al mojito imaginado sino ante un mal café de un lugar pensado para turistas, cómo habrá envejecido, qué sentiría ahora si se lo encontrara. Su calva se habrá acentuado, su pelo habrá acabado de encanecer. ¿Cuándo el sentimiento que se tuvo por alguien se fusiona con el recuerdo de ese sentimiento, volviéndose una sola cosa? Igor, los amores perdidos, los amores inconclusos, cuyos recuerdos se sacan en momentos de desaliento como amuletos. Tal vez lo único que queda de ellos es esa huella que nos dice que haber amado valió la pena. ¿Y si fuera hasta su puerta, subiera las escaleras, entrara a su pequeño apartamento? Pero tal vez ya no viva allí. Tal vez le abra una mujer, o un niño. Recuerda otro encuentro, con un tipo con el que tuvo un romance breve pero intenso, al que accedió a ver diez años después. Aquel hombre, que tenía unos ojos negrísimos y un mechón de pelo estilo Elvis que le caía sobre la frente, se empeñó en mirarla fijamente, como cuando no tenían ni dieciocho y a ella esa mirada la intimidaba. Todo esa segunda vez se le antojó falso, un remedo de seducción, una mala copia de lo que alguna vez fue auténtico, un esfuerzo denodado y patético por devolver el rollo. No vuelvas a los lugares donde has sido feliz, es el verso que se le viene a la cabeza a Emilia mientras ve cómo la luz de la tarde se va llenando de dorados y violetas. Retoma su camino y va a dar, sin saber cómo, a una calle triste, con casas ruinosas recostadas sobre vigas que han levantado sus habitantes para sostenerlas. Por las puertas abiertas ve zaguanes oscuros que desembocan en pequeños patios con plantas, o salitas con cuadros de paisajes colgando de las paredes, que intentan poner un toque de belleza en medio del deterioro. Hay en esa cuadra otros lugares por completo abandonados, donde la hierba crece enmontada y las paredes están cubiertas de moho. Tres perros idénticos, sarnosos, de pieles enfermas con manchas rosadas, se disputan con chillidos una piltrafa de carne que un hombre les ha arrojado. La serenidad de la tarde ha dado paso, de repente, a una sordidez insoportable. Emilia huye de allí, pero debe recorrer todavía varias calles parecidas, semidesiertas, antes de llegar a una placita, un oasis de luces encendidas. Allí toma un taxi y pide que la devuelvan a su hotel.

Encuentra a su marido ardiendo en fiebre. A pesar de lo que podría suponerse, no está irritado ni se muestra arisco, sino más bien afligido, con una mirada que refleja un desvalimiento infantil. O tal vez de viejo desamparado. Ella reacciona como siempre en estos casos: como una madre cariñosa y una enfermera eficiente que sabe qué hacer. De su bolso de emergencias extrae un termómetro y se lo pone en la axila. 38:5. Trae una toalla mojada, le frota el pecho y la espalda y se la envuelve en la cabeza. Ahora ya no parece un emperador romano, piensa, sino un jeque árabe. Le da una dosis doble de Dolex y le hace beber agua. Enseguida baja al comedor para encargarle una sopa de pollo. Cuando regresa, su marido está vomitando. La ansiedad y la culpa empiezan a hacer mella en Emilia y desbordan su fantasía. ¿Y si fuera algo más grave? Una apendicitis, tal vez, una infección que necesite antibióticos. La figura desmadejada de su marido, pálido y bañado en sudor, despierta su compasión. Le sirve un Alka-Seltzer, acerca el vaso a su boca, le acaricia la cabeza. Piensa en clínicas, en salas de urgencia, en quirófanos. En que la medicina aquí es buena, en formas de pago, en tarjetas de crédito que nadie va a recibirle. Se recuesta en las almohadas, prende su lámpara y abre su libro, sabiendo que no podrá concentrarse pero dispuesta a la vigilia. Pasados diez minutos alguien toca suavemente la puerta. Ha de ser la sopa. La acomoda en la mesita de ruedas y se acerca al borde de la cama, pero ve que su marido está dormido. Mejor no lo despierta.

Entonces se quita las sandalias y se acerca a la ventana. El frío de las baldosas la reconforta. Desde el piso doce de su habitación puede ver la masa oscura del mar salpicada de lucecitas remotas, una especie de cielo inverso. Y al final de la bahía el Castillo de los Tres Reyes del Morro bellamente iluminado. Sólo les queda un día en esta ciudad que otra vez le resulta entrañable. Como siempre que está por salir de esos paréntesis que son sus viajes, una nostalgia prematura se mezcla con el deseo de volver. La espera, piensa, una cocina nueva y una vida vieja, cansada. El marido empieza a roncar con suavidad. Señal de que está mejor, piensa, tranquilizándose.

14

Cuando entran al apartamento es casi medianoche. Ubican sus maletas en el vestíbulo y, como si alguien estuviera esperándolos con urgencia, se encaminan hacia la cocina, el marido adelante, Emilia siguiéndole los pasos, los dos de buen humor a pesar del cansancio. En su imaginación ya se ha instalado una cocina brillante, impecable, de aparadores amplios, donde podrán inaugurar un orden nuevo, que hará de ella una isla en medio del caos del resto de la casa. Por eso, cuando se encuentran con los anaqueles sin puertas, el lugar de la estufa vacío y el piso lleno de objetos desordenados, primero experimentan un desconcierto que los deja sin habla y luego una indignación que en Emilia se traduce en un quéééééé, cómo así, no puedo creerlo, y en su marido en un qué mierda es esto, qué hijueputas pasó aquí. No puede ser, dice él. No entiendo nada, dice ella.

Entonces examinan lo que ya hay ubicado en las paredes, y Emilia toca la superficie de madera, inspecciona los ángulos, la forma en que encajan las partes, y se vuelve a su marido, los ojos muy abiertos, pero esto no fue lo que encargamos, dice, esto es madera sin recubrimiento, no hay fórmica. Y mira qué chambonada, qué vacíos hay entre las tablas, esto parece una cocina de tugurio. Su marido también pasa la mano por los anaqueles, tienes razón, y su voz es ahora muy baja, como la de alguien que empieza a comprender, todavía atónito. Se acerca a una caja llena de herrajes, levanta uno, lo examina, son buenos, dice, no entiendo. ¿Estás segura de que así no son los acabados interiores?, pregunta, ¿no será que no nos fijamos bien?, pero en su voz ya hay una certeza, un desaliento que se ha superpuesto a la rabia inicial. Mañana mismo lo llamas, dice el uno, que explique esto qué significa, dice el otro, apagando la luz, mientras le dan la espalda al desastre, apabullados y silenciosos.

Antes de dormirse, Emilia recuerda que no ha encendido su celular, del que se ha olvidado totalmente, feliz de la desconexión que facilitaba La Habana, y que quizá no fuera tan extrema como ella quiso creer para poder prescindir de su hermana, de su padre, del editor, que le estaría sugiriendo enmiendas a su crónica, ¿no podrías extenderla un poco más?, o cambia ese título, y de tantos otros requerimientos, ofertas de tiendas, promociones aéreas, publicidad de hoteles, en fin, de la basura diaria que, en efecto, se acumula ahora de forma vertiginosa en su pantalla, 123 correos nuevos. En el WhatsApp, entre otros cuantos, cinco mensajes de su hermana, uno tras otro, día a día, hola, hola, hola, y al fin uno de esa misma tarde, Mi papá no está bien. Aparezca, por favor. No va a llamar ahora, es demasiado tarde, y si se tratara de algo grave su hermana se lo diría con claridad. O al menos eso espera, aun a sabiendas de que Angélica es la reina de la negación. Mi papá no está bien es una frase que no encierra urgencia, el rutinario aviso de un deterioro paulatino, esperable después del último episodio, tal vez tan sólo esté más deprimido que de costumbre.

La llama por teléfono a primera hora porque no resiste el ejercicio del chateo. El padre está raro. Eso es lo que dice su hermana. Raro cómo. Se ve distraído, explica ella, a veces no hila bien, extrañamente desmemoriado, débil, no quiere comer, dicen Maruja y la enfermera. Se viene el fin, piensa Emilia, pero recuerda que hace unos años pensó lo mismo cuando su padre tuvo una neumonía y duró más de una semana en el hospital con un respirador artificial. Estuvo a punto había dicho la madre, una expresión curiosa, sí, a punto, pero se había recuperado y había vuelto a ser el mismo. Su padre es fuerte en medio de todo, piensa Emilia. Lo llama por teléfono y trata de medir lo que su hermana le ha dicho, pero no consigue ver ninguna anomalía. Tal vez su respiración suena más agitada que de costumbre, su garganta tiene un carraspeo que ella no había percibido antes, pero hace preguntas sobre el viaje, pregunta por Pilar y Sara, dice que todo va bien, hasta donde se puede, claro, se siente siempre muy cansado. El sábado voy, papá, hoy y mañana tengo que lidiar aquí con mucha cosa.

Mima les explica, cuando llega, que el maestro lleva cuatro días sin venir, que ahora trabaja solo porque se peleó con su sobrino, que le comentó que los proveedores le habían incumplido y que antes de quince días será imposible entregar la cocina completa. No, no puede ser. Y ahora qué, pregunta Emilia a nadie, imaginando ya la catástrofe cotidiana. A la pregunta de cómo fueron estos días, Mima resopla, menea la cabeza, dice que horribles, polvo por todas partes, días sin nada que hacer cuidando a los obreros, y una gripa atroz, de la que apenas se está reponiendo. Hay en sus palabras reproche, una rabia contenida que Emilia resiente. El marido llama al celular del maestro una y otra vez y nadie contesta. Se volaría con la plata, conjetura iracundo. Pero un rato después el hombre lo llama de vuelta, Emilia lo deduce por las preguntas, porque está desencajado y habla golpeando las palabras, subiendo la voz, haciendo preguntas atropelladas. Que el tipo ha estado enfermo, dice el marido cuando cuelga. Pero al menos apareció, eso ya es algo. Y en su voz sólo hay resignación, mientras abarca las ruinas con la misma mirada compungida del damnificado de un tsunami.

Ahora que la cocina que encargaron se vislumbra ya como un fracaso, quizá como una enorme pérdida económica, el marido no va a querer darle a Mima unos días remunerados para que descanse después de esas dos semanas infernales chupando polvo, así que Emilia le da una plata de su bolsillo y la envía diez días a descansar. Total, no hay estufa en qué cocinar y tendrán que hacerse cualquier cosa en el reverbero, o salir o pedir domicilios. Que conste que no estoy de acuerdo, dice el marido, ella ya tomó vacaciones y esos días no vienen al caso. Pero Emilia no va a discutir, porque no le va a sumar un disgusto a otro disgusto. El mundo no se va a acabar porque no esté Mima, es lo único que dice Emilia, aunque se le pasa por la cabeza que se está castigando por no haberse opuesto a esa idea peregrina de remodelar cocina, por no haber reaccionado con suficiente firmeza ante la decisión caprichosa del marido.

Están esperando que llegue el maestro, convencidos, por supuesto, de que no va a venir. Qué va a cumplir con esto si en lo fundamental no cumplió. Por eso se sorprenden cuando suena el citófono y el portero anuncia al señor

Rozo. ¡Señor Rozo!, brama el marido, *señor* un pendejo de ese calibre. Emilia tiene miedo. Al fin y al cabo nadie sabe quién es de verdad ese tal Rozo, muy seguramente un delincuente. Su cabeza alcanza a imaginar escenas violentas: golpes, tal vez armas, quizá sangre y gritos y cuerpos en el suelo. Nada de eso confiesa, porque sabe lo ridículo que hay en estas fantasías. Pero cuando abre se siente tensa. Por eso lo que ve la toma absolutamente por sorpresa. Allí afuera está Rozo, sí, con una cara neutra, que no evidencia temor pero tampoco envalentonamiento. Una cara que ella conoce por otras experiencias. De solapado, diría su padre. A su lado ve a una niñita de unos ocho años, ella sí sonriente, el pelo una enorme maraña de rizos oscura, los dientes ya mudados, la mirada inquieta. De modo que la trajo de escudo, piensa, con rabia y conmiseración a la vez. Ya baja por las escaleras el marido. Oye detrás sus pasos e imagina su cara desencajada. Se aparta y Rozo entra seguido de la niña. Emilia considera hacerle un mimo, darle la bienvenida, pero se reprime. Qué treta tan cochina escudarse en una niña. Y empieza a sentir otro miedo: ¿y si el marido, en medio de la discusión, empieza a gritar al maestro, o tal vez lo agarra por los hombros, lo zarandea, qué pasará con la niña? No puede dejar que esto suceda, por ningún motivo.

Entran los cuatro a la cocina, despacio, como quien se asoma a una catedral en la que encontrarán maravillas. El marido se adelanta, Rozo va detrás, Emilia y la niña se detienen en la puerta. Entonces el marido empieza a señalar errores, a mostrar inconsistencias, con voz aplomada al menos por ahora, como un profesor de diseño que supervisara el trabajo de su peor estudiante. Rozo no dice nada, sólo observa, la mirada sin fondo, sin brillo, como si estuviera ausente, mientras la niña se asoma al comedor, examina los espacios con ojos curiosos, negrísimos, se acerca al ventanal que da a la calle. Ya Emilia ha decidido que no va a intervenir, aunque su silencio se interprete como un marginamiento apocado, una subordinación de esposa sumisa que considera esto un asunto de hombres. Ahora ellos están en cuclillas examinando los herrajes, Rozo explica cómo los acomodaría, mientras el marido menea la cabeza con expresión molesta, apretando los labios. No, hombre, no, dice el marido, usted parece que no me ha entendido. Vuelven entonces a la sala y Emilia retira la sábana del sofá de cuero para que los recién llegados se acomoden, mientras ella y su marido se instalan en dos sillas ligeras. Rozo y la niña se sientan al borde del sofá, como si fueran a estar allí sólo unos minutos, como si todo estuviera por volver a la normalidad y el maestro sólo esperara instrucciones de cuándo volver a retomar el trabajo. La niña tiene puesto el brazo derecho sobre el brazo izquierdo de su papá, sus deditos juegan con el borde de su camisa de cuadros. Entonces el marido empieza a hacer preguntas, en un tono exaltado. Las palabras saltan. Engaño, irresponsabilidad, incompetencia, y luego llega la gran pregunta y se posa en el espacio vacío como una nube negra que amenaza tormenta: dígame cómo piensa responder por el anticipo. El silencio se adensa durante unos segundos eternos. Entonces el maestro, con los ojos clavados en el piso, en un punto fijo en la mitad de la sala, como si al anclar allí la mirada sacara fuerzas para hilar sus palabras, empieza un relato. Cuenta cómo se independizó de la empresa donde aprendió a trabajar, de la sociedad con su cuñado, de sus ahorros invertidos, de su conocimiento de los proveedores. Y si no mire los herrajes. Son alemanes. De pronto se ha puesto pálido, como si ese breve recuento le causara más dificultad que la construcción misma de la cocina. Y entonces se detiene, suspira profundo y calla. La niña está captando esta tensión, piensa Emilia, y trata de leer algo en su carita morena. Tiene el pelo crespo cogido a lado y lado de la frente con un par de hebillas con forma de oso hormiguero, y lleva puesto un suéter blanco con la imagen de las protagonistas de *Frozen*, unos leggins rosados y unos tenis fosforescentes. Toda ella hace pensar en una madre cuidadosa que está esperando en casa.

Entonces qué hacemos, qué propone, pregunta el marido. La palidez de Rozo no parece disiparse. Una sombra oscura le profundiza las ojeras, y alrededor de los labios se marca un ribete blanco azuloso, como el de los moribundos. La niña se para, sigilosa, como si de repente se hubiera aburrido, gira sobre sí misma y vuelve a sentarse en el preciso instante en que su padre inclina la cabeza ligeramente hacia adelante y mete su cara entre las manos. Emilia le pregunta entonces a la niña si quiere una galleta. Ella sonríe, estira las piernas, asiente sin decir una palabra.

Ya en el comedor, Emilia rebusca en las cajas de cartón hasta que encuentra dos paquetes de galletas sin abrir. De qué quieres, de chocolate o de vainilla, pregunta, y la niña balancea una pierna de adelante hacia atrás y sonríe, de chocolate, de eso quiere, y mientras Emilia abre el paquete le pregunta cómo se llama. Karen. Ajá, Karen. Y tu mamá. Karen niega con la cabeza. No qué, pregunta entonces Emilia, y la niña dice que no hay mamá, que ella vive con su abuela. ¿Y con tu papá? Sí señora. Se acercan a la ventana, y Emilia oye allá atrás la conversación de los hombres, es necesario demorarse un poco más, de manera que hace más preguntas, ahora de cuclillas frente a Karen, que mordisquea la galleta.

Al regresar a la sala se encuentran con que el marido y el maestro están de pie, en silencio. Rozo se despide, le pide a Karen que se despida de los señores, y Emilia les abre la puerta. Cuando el ruido del ascensor les indica que ya están bajando, Emilia hace un gesto con las manos, levantando las cejas, como si todavía pudieran oírla. Mañana viene a recoger todo, dice el marido. Nos deja los herrajes, que es lo único que vale algo. Y de la plata qué. Pues nada. Cómo le cobro yo algo a ese pobre diablo.

15

Emilia recuerda por enésima vez que tendría que tener una copia de la llave, qué descuido. Su hermana se lo repite cada vez que la ve. Pero ya les está abriendo la enfermera, que está hoy en reemplazo de Maruja. El padre está sentado en su sillón de siempre, y al ver entrar a Emilia y a su marido parece sorprendido y mira el reloj. La televisión está a todo volumen, papá..., dice Emilia, reconociendo de inmediato que esa no es la forma más amable de saludar. Pero es que el ruido la irrita. Coge el control de la mesita y lo acciona. En la pantalla, una conocida periodista entrevista a un político. Es muy temprano, ¿no?, dice el padre, malhumorado, mirando otra vez su reloj. Las diez de la mañana, papá, dice Emilia, y enseguida, como obligada a dar una explicación, es que tenemos que hacer unas vueltas urgentes, por eso pasamos primero por acá. No quiere mencionar lo de la cocina, pero más por pereza de contar toda la historia que por otra cosa, así que lo de «hacer unas vueltas» le parece una buena salida. Pero en ese momento oye que su marido dice es que se nos jodió lo de la cocina. Jodió. Emilia lo mira entre censuradora y divertida, como tratando de recordarle que su padre odia que la gente se exprese así. En esta casa no se dicen groserías, afirmaba la madre, que la tachaba a ella de boquisucia. Ahora el marido está echando toda la historia, que parece interesar a su padre, quien hace toda clase de preguntas.

Raro cómo, se pregunta Emilia tratando de escudriñar alguna señal que corrobore lo que dijo su hermana. No nota nada en sus párpados, caídos los dos. ¿Ha enflaquecido, tal vez? No exactamente. Sigue tan gordo como siempre, pero en sus mejillas ve una flacidez que antes no tenía, por lo menos no de una forma tan pronunciada, de modo que los surcos alrededor de la boca se ven oscuros, como si al pintor se le hubiera ido la mano en sombras. Y algo hay en su voz, que no sabe qué es. Una oquedad. Uff, qué palabra. Un cretino, un irresponsable, oye que dice su marido, y entonces ella va hasta la cocina a servirse un vaso de agua. La enfermera está allá, recostada contra una alacena, hablando por celular. No sabe si esa mujer le gusta o no, pero no va a planteárselo a su hermana para ahorrarse una discusión. Cuando vuelve, se encuentra con que su marido también está hablando por celular, en voz muy baja y mirando por la ventana. Él sale de la habitación cuando la ve, y ahora puede oírlo en la sala, hablando más fuerte. Algo para taparle la boca. Dice. Peor es nada. Ahí con disimulo, como quien no quiere la cosa, continúa. ¿Con quién puede estar hablando hoy sábado, a esta hora? Con su hermano, con quién más va a ser. De plata, de negocios, que es de lo que siempre hablan. Entonces ve algo que no había visto: una mancha oscura en el pantalón de su padre, que va de la bragueta a la entrepierna. Hace como que no ha visto nada, y se dedica a contarle detalles de su viaje. Pero su padre no parece oírla con interés. ¿Estaba buena la comida del avión?, pregunta, y ella contesta pero papá, la comida de los aviones siempre es horrible. En la televisión sigue la entrevistadora, una mujer con unos aretes enormes. Ella no me gusta nada, pero nada, dice el padre. Es la vulgaridad encarnada. Y comunista. Entonces para qué la ves, papá, dice Emilia, encogiéndose de hombros. Porque no hay nada más. O será que a estas alturas de la vida me aburre todo.

Diez minutos después, antes de salir, Emilia vuelve a entrar a la cocina. La enfermera se está tomando un café sentada en un banquito de madera. Creo que mi papá tuvo un accidente, dice, haciendo un gesto para hacerse entender. Ufff, eso ahora le está pasando a cada rato. ¿Y no sería bueno que usara...? A Emilia no le sale la palabra de la boca. Ya le dije a la señora Angélica, pero ella dice que su papá no resistiría ni siquiera que se lo propusiera... Pues va a tocar, dice Emilia. Desde donde está puede ver a su marido ya afuera del apartamento, moviendo la cabeza con impaciencia. Voy, ya voy, dice ella, haciéndose de pronto consciente del dolor, del maldito dolor.

Nada que ver con la nuestra, reflexiona Emilia en el almacén, examinando otra vez aquella cocina imponente, pasando los dedos por la fórmica, abriendo y cerrando las puertas de las estanterías. Lo repite: nada que ver, nada que ver, hasta que está segura de que el mensaje ha calado en su marido, que ahora habla con el vendedor. Este llama a una mujer enorme, la diseñadora, que les muestra los colores del catálogo, los rojos intensos, explica, si se quiere algo con mucha personalidad, o el verde bosque, para la gente más espiritual, que quiere gamas relajantes. Está también el negro intenso, que llamamos lujo mínimal, o, para los gustos más discretos, el ocre terroso o los grises invierno profundo. Ella con mucho gusto tomará las medidas, y él les enviará una cotización. Pero como de qué orden, dice el marido. Van hasta un escritorio, se sientan, y el vendedor hace cuentas advirtiendo que son tentativas. Aventura una cifra. Eso será, más o menos. Los dos, Emilia y su marido, tienen la mirada clavada en el papel, y se ven rígidos, concentrados, aunque conservando una expresión amable. Ni más ni menos que el doble, piensa Emilia. Todo un dineral, que ahora tendrán que pagar sólo porque el marido quiso ahorrarse unos pesos y le dio el trabajo a cualquier chambón. Qué opinas, dice él. Lo que tú digas, dice ella, y su voz es tan neutra como una página en blanco. Listo, dice el marido, con repentina firmeza. Manos a la obra. Llenan trámites, se levantan, se despiden. Todo esto es un absurdo, piensa Emilia, pero no dirá nada. Esa diseñadora le parece muy joven. Pero es que ahora todos esos profesionales, absolutamente todos, son jóvenes. Basta ver en la revista donde trabaja, donde nadie que no sea el editor en jefe pasa de los treinta y cinco años. Lo mejor será que almorcemos por aquí, si te parece, dice Emilia. Escoge tú que eres la que más come en la calle, dice el marido, sin mirarla.

Con una minuciosidad desconocida tiempla la sábana, sacude las almohadas, como en los tiempos de colegiala, y lava el plato por encima, por debajo, con la esponjilla metálica brilla el culo de las ollas, demorándose, como su madre, castigándose como ella, y la estufa está horrible, desengrasa tú mientras yo barro, pero ayer barriste y sin embargo, ¿sabes cómo se prende este aparato?, déjame ver, y qué tal toda una vida así, templando la sábana, sacudiendo las almohadas, lavando los platos, brillando hasta el culo de las ollas, grasa y polvo, en un incesante eterno retorno, barrer, desengrasar, tender, lavar lo que se lavó la semana pasada, y la taza del inodoro, qué tal la taza del inodoro, la mierda de otros, los sudores de otros, y el propio sudor que hace que Mima a veces no huela bien, porque en la lana el sudor, uff. ¿Has pensado en lo que significa no poder cambiar de vida? ¿O que ni siquiera puedas pensar que esa opción existe?

No ha acabado de decir esto cuando comprende todo lo que encierra esa frase pronunciada por ella misma.

16

Valió la pena la espera, dice el marido, parado en la mitad de la cocina, con una sonrisa de satisfacción. También Emilia sonríe, incrédula, olvidando de repente las dos semanas de comidas fracasadas, arroz con huevo, sopas de paquete, comida de restaurante. Es verdad que algunos espacios resultan ahora más chicos, pero las extensiones de los aparadores son comodísimas, los dobles cajones... Y el color. El color le encanta. Tenía razón su marido cuando decía que había que hacer un cambio. La diseñadora, que hace la entrega formal, abre puertas, señala la suavidad de los topes, la fortaleza de las bases metálicas y la practicidad del material del mesón. Tan fácil de limpiar. Su compañero, un chico pálido, vestido con un blue jean, una camiseta blanca y una chaqueta azul, muy fina, se concentra en la estufa, una superficie plana, negra y brillante, sin marcas de ninguna clase. ¿Y los fogones?, pregunta Mima, que también asiste al acontecimiento. No se ven los fogones. El marido lanza una risita desdeñosa, se acerca, toca la superficie, y las cinco circunferencias, de distinto tamaño, se encienden al mismo tiempo. Es digital, explica. Él la escogió. La más moderna, la más potente. El joven diseñador pregunta si saben que sólo funciona con ollas de un determinado peso. Se hace un pequeño silencio. Todos están mirando el aparato como si fuera un objeto volador que hubiera entrado por la ventana. Cómo así, pregunta Emilia y mira a su marido, que ha alzado un poco la cabeza, y mira desconcertado al diseñador. ¿No les dijeron que sólo funciona con nuestra batería de ollas danesas? El marido hace un sonido raro, como el que emitiría después de oír una explicación científica que necesita tiempo para procesarse. En cambio Emilia está en silencio. ¿Ollas danesas?, dice por fin, con una voz opaca. ¿De modo que mis ollas no sirven? Son un portento, prosigue el joven. Tienen base de cobre y el interior es de acero quirúrgico. Cero contaminación de los alimentos. Pues depende, dice la mujer, muy seria. ¿Depende de qué? Del peso. Los sensores necesitan de cierto peso. Se hace un silencio general. Emilia va hasta el comedor, esculca entre las cajas, y vuelve con una olla de acero inoxidable en la mano y la ubica con cuidado sobre la superficie impecable. El diseñador pone su dedo con delicadeza en la señal de encendido y todos esperan. Como no pasa nada, él mueve la cabeza, mientras aprieta los labios. No, no señora. Pero las que nosotros vendemos son estupendas, va a verlo. Hechas con tecnología de punta. Deben costar montones, dice Emilia como hablando para sí misma. Un poquito, pero vale la pena. Va a ver que no se arrepienten. No puede ser, casi grita Emilia. Pero esto es un absurdo. Nadie nos advirtió semejante cosa. Hay otras opciones, dice entonces la chica, si es que se arrepienten. Hay estufas más anticuadas, claro, parecidas a las de antes. Pero habría que encargarla y se demora un poquito. Nada, nada, dice el marido sin mirar a Emilia, tú no te preocupes. Hecho lo grande se hace lo pequeño. Mañana me paso por el almacén, muchachos. Claro, con mucho gusto, dice el diseñador, y miramos si tenemos un set completo.

Mima debería verse descansada, contenta, pero más bien parece que hubiera envejecido en estos quince días que estuvo en su casa. En su voz hay algo gruñón, impaciente, y Emilia intuye que carga con algún malestar, con algún problema, o tal vez el suplicio de los días de polvo la dejó resentida para siempre. Empiezan, juntas, la tarea de crear un orden nuevo, dejando que Mima tome decisiones, aquí los vasos, los platos pequeños a la mano, allá arriba esas jarras que se usan poco. Mima va entrando otra vez en su territorio, afloja, se adueña, Emilia le gasta bromas, como siempre, y otra vez pareciera que nace la complicidad interrumpida. Hay algo triste en Mima, sin embargo, pero cómo no va a ser triste esa vida, piensa Emilia, este mundo suyo cerrado, donde sólo hay rutinas, tareas aburridas, recorridos larguísimos desde su casa hasta aquí, ese esfuerzo continuado que va a dar en lo mismo, siempre lo mismo.

Cuando abre los ojos son las 7.30. Recuerda que a las nueve tiene una reunión en la revista, de modo que le toca correr. En WhatsApp su hermana ha reenviado un mensaje de la enfermera. Ni una palabra de ella. *Su papá pasó mala noche. Se despertó hacia la una y se puso a dar vueltas por el apartamento. Tiene la orina muy oscura y la tensión alta. Quise que metiera los pies en agua fría pero se puso furioso. Dice que lo que quiere ya es morirse.*

Manténgame informada, plis, escribe Emilia antes de entrar a la ducha.

Silencio. Y es que cuando a la hermana no le gusta algo o está en modo negación entra en un mutismo total.

Ir a los concejos de redacción la sigue entusiasmando. Tal vez por eso escoge la blusa amarilla, que le sienta bien a su piel morena. Se pone unas botas color miel y una gabardina azul oscuro. Desde su carro llama a su papá. Contesta Maruja y dice que él está en el baño pero que todo está normal, que hace poco le tomó la tensión. Hace un día soleado y ella está de buen humor. Entrar al edificio de la revista la satisface, sentir que todos la saludan por su nombre aunque hace ya tres años que sólo va una vez cada quince días. Son seis en la redacción y ella es la única veterana. El director de la revista es ahora un tipo que no llega a los cuarenta, con cara de manzana, piel tersa y brillante. Todos los demás son más jóvenes aún y vanidosamente conscientes de ello. Emilia habla poco, pero cuando lo hace todo el mundo la escucha con atención. Ahí se siente cómoda, con la seguridad que da el aplomo. Migue, el editor general, plantea el tema del resguardo y pregunta quién quisiera asumirlo. La está mirando a ella. Y sí, claro que sí, dice Emilia, sin pensarlo dos veces. Huir. Huir. Huir.

A la salida, alguien le pregunta que cuándo será la entrega del premio. Ella explica que todavía faltan casi tres semanas. Allá nos vemos, dice su colega, y celebramos. Y después de muchos días Emilia siente que está verdaderamente contenta.

El marido pone las ollas sobre el mesón de la cocina. Tienen tal contundencia que parecieran rebasar su condición de ollas. Pesadísimas. Así, alineadas de mayor a menor, semejan una familia opulenta que ha salido a pasear en un día de fiesta. Hermosas, impecables, rotundas. Y mira, dice el marido. También traje una parrilla. Eso no es una parrilla, replica Emilia casi en un murmullo, consciente de que está llamando a la catástrofe. ¿Cómo que no es una parrilla? Emilia abre un cajón y esgrime en la mano un artefacto metálico parecido a una raqueta de tenis. Al lado de las nuevas adquisiciones parece un pariente pobre y mal trajeado. Esto para mí es una parrilla. En cambio eso es... En realidad no sabe qué es. ¿Una lata para el horno? Ni siquiera sirve para asar carne, dice. En qué vamos a asar la carne. Pues aquí, dice el marido elevando los hombros y señalando lo que llama parrilla. Emilia ya ha empezado a sentirse mal. Como una niña pataletosa. Como una mujer exigente. Como una bruja de esas que ella odia. Por eso se asombra de oírse decir todo esto que estamos haciendo es una estupidez, una solemne g*ü*evonada. Abre el compartimento donde están sus ollas, tristes, anacrónicas. Y qué vamos a hacer con esto, pregunta, elevando la voz, de repente iracunda. Todo esto sirve. Hay cosas casi nuevas. Mira este caldero. Lo levanta, se lo pasa a su marido como si fuera un bebé del que se deshace. El marido lo recibe y lo vuelve a depositar en su sitio. Se ha puesto colorado y ha echado la quijada hacia adelante, en un gesto que Emilia le conoce bien. Ella ve venir el peligro y siente que su columna vertebral se encoge, como la de un perro amenazado por un puntapié Ya no se puede hacer nada, Emilia, ya todo está pagado, murmura el marido, mirándola fijamente a los ojos. Y hace una pausa antes de arremeter: eres una desagradecida. Emilia no lo puede creer. Una *desagradecida*. Esa palabra. De repente piensa en su padre. En aquella vez que le atravesó la cara de una cachetada. Los ojos del padre, violentos, se superponen a los del marido, que sigue mirándola a los ojos pero ahora levanta la voz, manoteando, buscando epítetos, caprichosa, estúpida y otra vez desagradecida. Entonces Emilia se da media vuelta, en silencio, y adelanta unos pasos sin saber a dónde va, sintiendo cómo le laten las sienes y cómo cada insulto cae como una pedrada en su espalda, mientras trata de medir su peso y su filo; pero el zumbido en su cabeza hace que de repente se detenga y se gire, como en un sueño, donde se ve gritando también ella, encadenando con voz temblorosa las palabras que ahora pasan por su mente, hirientes, brutales, destructoras, mientras una fuerza la atornilla al piso reluciente de su cocina —una fuerza que no es otra cosa que la conciencia de que no debe ir más allá, aunque su cerebro se lo pida— y ella encuentra un remate que en realidad es una reflexión para sí misma, una síntesis de lo que viene sintiendo, que se materializa en tan sólo cuatro palabras: qué vida de mierda.

Cuando abre los ojos sabe que ya que no va a volver a dormirse. Se incorpora para mirar la hora. 3.22. Hoy es el aniversario de la muerte de Pablo. Nunca olvida la fecha, pero hace ya mucho que jamás lo comenta con nadie. De eso no se habla. Piensa que ese pequeño sentimiento de nostalgia que ha venido colgado del recuerdo va a empezar a crecer, y se prepara para recibir una oleada de esa tristeza remansada que le llega a veces, pero no sucede nada. En cambio piensa en las ollas que el marido trajo en la tarde, sólidas, hermosas, de tapas de vidrio. ¿Y entonces sus cacerolas no sirven? ¿Ni su parrilla de asar la carne? ¿Ni el jarrito medio chueco en que le gusta calentar la leche? Voltea a mirar a su marido, pero sólo ve la coronilla raleada, una parte de la oreja. Esa tarde le mandaron fotos a Pilar, y contestó: todo muy setentero. Nada más. Emilia no quiso contarle lo de las ollas, porque prefería ahorrarse la respuesta. Siente que le brinca una pierna, y que no sabe precisar qué es lo que siente. Algo parecido a la impaciencia, al desasosiego de la confusión, a la rabia que da no saber decidir. Repasa sus palabras, arrepentida. Tantas otras afrentas pasadas por alto y reaccionar así por unas putas ollas. Entonces sacude al marido, muy suavemente. He estado pensando, dice. Quiere que las cosas vuelvan a su lugar. Que le pida perdón. O que la abrace. Que se abracen. Pero el marido se tapa la cabeza. Oye, dice. Se siente abatida, apenada, llena de desaliento. Vuelve a mirar el reloj. 3.40. Oye... De repente el dolor la punza, la agita. Susurra. Hoy... Va a decir Pablo, va a decir algo que no sabe todavía qué es y sin embargo necesita decir. Sin embargo el marido gruñe en señal de que no está dispuesto a oír nada. Y Emilia se encoge en posición fetal, los ojos clavados en la oscuridad, como queriendo volver a la paz de una placenta.

Le caerá bien viajar. Irá con un fotógrafo y estarán sólo cuatro días. Es un muchacho que habla demasiado para su gusto pero que le cae bien. En todo caso, será una compañía. La revista le tiene previstos algunos contactos, pero antes de viajar debe tratar de investigar al máximo. Busca en Google Caño Mochuelo, y encuentra varios videos institucionales. Se detiene a mirar las caras de los niños, y las de los viejos, desdentados, con las pieles quemadas por la intemperie. Van todos vestidos con ropa corriente, pantalones de franela y camisetas con logos de empresas, y en cierto momento bailan en círculo con los pies desnudos sobre la tierra. Oye cómo los líderes hablan de las *guahibiadas*. Busca en Wikipedia y sí, claro, Emilia cree recordar, aunque era apenas una niñita. Lee que en 1968, en La Rubiera, los colonos invitaron a una familia indígena a un sancocho en la casa principal del hato, y, una vez comieron, los asesinaron a todos a tiros de carabina, incluyendo bebés de brazos colgados a sus madres. Lee que en el juicio que se hizo en Villavicencio, el abogado Pedraza, que defendía a los vaqueros, alegó que matar indios no era delito, pues era una costumbre ancestral del Llano para defender las reses de los indígenas que las cazaban para comer, igual que hacían con venados y dantas. Ahora, lee, viven nueve pueblos apretados en el resguardo, condenados a ser sedentarios luego de generaciones y generaciones de nomadismo. Oye los testimonios de los guías, de los ancianos, de los funcionarios. Apunta Wamonae. Tshiripus. Mañoco. Palabras que nunca había oído. Escribe: peligro de extinción. Va sintiendo cómo crece la curiosidad, el deseo de conocer ese río que en las fotografías parece todo menos manso. Ve garzas, canoas, malocas, atardeceres. Su parte sedentaria se resiste. Su deseo de conocer la empuja. Da clic una y otra vez. Toma nota. Hasta que la interrumpen unos golpecitos en la puerta.

Se molesta. Mima sabe que no debe interrumpirla, pero lo hace cada tanto para hacerle preguntas domésticas. A su marido, por supuesto, no lo interrumpe. Mima es machista, sin saberlo, a pesar de que Emilia trata de hacérselo ver. Sabe que le lava la ropa a su hijo, porque *él llega muy cansado*. Que le tiene la comida lista *porque trabaja mucho y come por veinte*. Que él toma mucho, que nunca va a dormir los sábados en la noche, que casi no ayuda económicamente, que tuvo un hijo con una jovencita, pero que *no ve por él porque esa china es muy jodida*. Pero Mima, por Dios. Y eso que a Mima el padre de sus hijos le daba tundas y la abandonó cuando esperaba a su hija. Tanta hambre aguantó en el embarazo que a la niña le salieron los dientes manchados, por falta de hierro. O esa es la explicación de Mima, que ahora está desencajada. Señora

Emilia, me toca irme. ¿Por? Que algo pasó con Betsy. Que la oyeron discutiendo a gritos, y que el niño lleva llorando desde hace rato y nadie abre la puerta, como si Betsy lo hubiera dejado sólo. Mima, que es templanza pura, tiene los ojos llenos de lágrimas. Pero Betsy no hace esas cosas, es muy raro. Emilia ve que le tiembla la barbilla Yo le llamo un taxi, Mima, dice. Vaya cámbiese. Pero es viernes en la tarde. Qué taxi va a aparecer en esta ciudad desbordada. Lo sentimos mucho, no hay conductores disponibles. Yo la llevo, Mima, dice entonces Emilia. Pero es lejísimos, señora Emilia. No importa, usted me dice por dónde cojo. Ya en el carro se va enterando de que al marido de Betsy lo soltaron por fin porque ya pagó pero que ella no quiso que volviera a su casa. Porque ahora tiene una pareja nueva. Un muchacho jovencito que quiere mucho al niño, explica Mima. Y que el marido la amenazó con quitárselo. Dizque por puta, explica Mima. Él..., dice Mima, y se silencia. Él qué, Mima. Él es. Yo nunca le conté. Pero un día le quemó el pelo a Betsy. Y otro día... Ahora Mima está llorando. No se adelante a los hechos, Mima, dice Emilia, y su voz quiere ser abrazadora, tierna, pero se descubre un tono impaciente, imperioso, donde no parece que hubiera ninguna misericordia.

No son todavía las cinco, el tráfico pesado no empieza, y aun así el pequeño Volkswagen debe capear montones de buses y camiones que parecieran siempre dispuestos a embestir. Una llamada entra al celular de Mima, un aparato minúsculo que ella saca de su bolso después de hurgar mucho. Por lo que dice, Emilia deduce que habla con la vecina de su hija. La voz de Mima sale ronca, sin aire. Que ya llamaron a la policía pero que no tienen orden de allanamiento, y por eso no pueden entrar, explica cuando cuelga. Pero que el niño ya paró de llorar. Y que no vayamos a coger por la avenida grande, porque hay pedreas, anuncia Mima. ¿Pedreas? Andan alborotados otra vez los del paro, y la gente de arriba bajó a apoyarlos. Quiénes son los de arriba, pregunta Emilia. La plaga esa de la invasión, contesta Mima, que, por lo visto, no sólo es machista. Ay, Mima, qué horror hablar así, quiere decir Emilia, pero se calla, no va a atormentarla ahora con discursos sobre corrección política. Entonces desvían por una calle secundaria, bulliciosa, llena de pollerías, almacenes de verduras, de zapatos, de repuestos. La congestión es enorme. Descubren que allá adelante la avenida está cerrada por policías que hacen sonar sus silbatos de manera irritante. Todo el tráfico enfila hacia la derecha, porque no hay otro remedio. ¿Cuánto tiene el niño, Mima? Va a cumplir tres años, señora Emilia. Desde la esquina se puede ver a los estudiantes a la izquierda, congregados en una especie de plaza, y oír las arengas mezcladas con lo que pareciera ser el sonido de balas de salva. Con eso no contaba Emilia, que maldice para sus adentros, y no porque no los apoye sino porque la están incomodando. Lo reconoce: es una inconsecuente. Veinte minutos y no han recorrido ni seis cuadras. Hay que coger más para arriba, dice Mima. Porque por donde vamos no llegamos nunca. Emilia entonces hace un giro a la izquierda, pero se encuentra con otro atasco. Una llovizna menuda empieza a caer sobre el parabrisas. Un policía se acerca, pone su cara contra la ventana, hace señales de que no se puede pasar. Mierda. Emilia entreabre la ventana, explica que tienen una emergencia. Lo siento, señora, por ahora no hay paso. Si quiere hace la u aquí arriba... Lo más fácil sería llegar a pie, dice Mima. Yo sigo sola, no se preocupe, señora Emilia. Esta examina el panorama de un vistazo. Devolverse hacia su casa es un imposible: en sentido inverso el tráfico tampoco se mueve. La manifestación no debe durar mucho más, piensa, en media hora ya habrá oscurecido. Decide que lo mejor es, ahora que el policía se ha alejado, dejar el carro sobre el andén. Es una infracción, está claro, pero no hay más remedio. Qué se va a hacer.

Suben una cuesta empinada. A lado y lado de la calle y en una que otra ventana hay curiosos. Pero si la manifestación es atrás, le dice Emilia a Mima, por qué esto está tan alborotado. Seguramente porque allá arriba está la estación, señora Emilia, y hasta allá van siempre los que manifiestan a echar piedra. Los ojos han empezado a arderles. Son los gases, explica Mima, y no ha acabado de decir esto cuando ven venir, en sentido contrario, una horda de gente joven que baja a toda carrera. Acezantes, lanzan gritos, chiflidos, y miran hacia atrás, riéndose algunos con una risita nerviosa. En lo alto de la calle empinadísima alcanza a verse la hilera de soldados mirando a los estudiantes, que bajan con palos y piedras en las manos. Algunos se limpian los ojos unos a otros con pañuelos con vinagre. También ellas tienen los ojos llorosos, las fosas nasales irritadas por el olor azufrado. Qué necesidad tenía de venir, piensa Emilia, pero la pobre Mima, pues tiene la certeza, ojalá no, de que lo que pasó fue algo grave.

Tres cuadras a la derecha y lejos ya del bullicio ven el pequeño grupo de gente alrededor de la casa. Una mujer gorda con delantal de cuadros viene a su encuentro. Doña Mima, dice, y se adueña de ella, la arrastra del brazo sin decir nada más. Se abren campo entre el grupo de vecinos, ¡ella es la mamá, es la abuela!, grita la mujer, ella tiene llave. Que pasen las dos, ordena un policía desde la puerta, los demás para atrás por favor, y Emilia cree que se refiere a ella y puja por seguirlas, pero una mujer uniformada la detiene, dijo que sólo las dos, señora. Es que ella trabaja en mi casa, argumenta Emilia, y señala a Mima, que ya ha entrado en un espacio vacío y busca su llave en el pequeño bolso que lleva terciado. ¿No podría dejarme pasar? Pero no obtiene respuesta. Ahora Mima está abriendo la puerta y se ha hecho de pronto un silencio extraño, un silencio de respeto o tal vez de curiosidad, que se prolonga unos segundos y sólo se rompe cuando se oye, unos segundos después, lejano pero punzante, aterrador, el grito. Y enseguida, aunque de modo casi inaudible, un llanto infantil.

Emilia escarba en su bolso pero no encuentra su teléfono. Seguro lo dejó en el carro. Se acerca otra vez a la mujer policía, que ahora está acompañada del que pareciera un oficial. Ha empezado a oscurecer, se han encendido las escasas luces que iluminan la calle, la temperatura ha bajado mucho y de repente. Rachas de viento traen olores a humo, a fritos, a los vapores picantes de los gases lacrimógenos que alcanzan a llegar hasta aquí. Los vecinos hablan ahora entre sí, y el pequeño tumulto que rodea la casa se agranda, se achica. Lleva ya casi media hora parada allí, sin lograr que la dejen pasar. Algunos opinan en voz alta, conjeturan, se gritan, Richard, vaya para la casa que ya va a llegar su papá. Se adelanta hasta donde está la mujer policía con su colega, que no la miran, ni a ella ni a nadie, y repite su mantra pretendiendo conmoverlos. Estamos esperando a que llegue la gente de Medicina Legal, dice por fin la mujer. Tiene que esperar. Pero qué fue. La muchacha, señora, la mamá del niño, dice el capitán, que ahora la mira de arriba abajo como si fuera una extraterrestre. Entonces la mujer policía habla por fin, bajando un poco la voz, lo cual le da un aire de confidencia a sus palabras, como si de pronto hubiera decidido intimar con Emilia. Es evidente que quiere ser ella la que dé la noticia, antes de que la oportunidad le sea arrebatada por una simple vecina. Se trata de un homicidio, señora, dice. Hay que esperar a que hagan el levantamiento. Eso fue el marido, informa un muchacho de unos quince años, con la cabeza rapada a los lados y un mechón de pelo azul en la parte alta, que ha estado escuchando. ¿El marido? Por qué sabes, pregunta Emilia, y ese tuteo le suena tan falso, tan artificial. Porque yo lo vi cuando entró al mediodía, contesta. Y ahí adentro hubo una garrotera. Mi mamá oyó los gritos. ¿Lo viste?, insiste en preguntar Emilia, y el muchacho asiente, señalando una tienda que queda en diagonal a la casa. Yo estaba ahí tomándome una gaseosa, aclara. De repente las voces bajan el volumen, se vuelven murmullo, y la multitud se abre para dejar pasar a un muchacho largo, de gafas, que atraviesa el espacio lentamente, con la cabeza gacha. Emilia aprovecha para insistir: mi empleada es la mamá de la señora... Duda sobre cómo llamarla. La señora... muerta, dice. Y piensa: ¿por qué ha dicho «mi empleada»? Ay, las palabras. La mujer policía vacila, desconfiada. Intercambia murmullos con el supuesto teniente. Listo, venga conmigo, dice por fin.

Son casi las nueve cuando sube al carro, que, contradiciendo sus temores, está intacto. A su cabeza vuelve, con una recurrencia insoportable, lo que vio sin proponérselo desde el patio minúsculo antes de cerrar los ojos, de buscar un lugar desde donde quedara oculto lo que no se sentía capaz de contemplar: los pies descalzos, azulosos, la cabeza caída de costado, la cara hinchada, las cortaduras del brazo lleno de pegotes oscuros. Y el olor. Un olor desconocido, áspero, a flores marchitas y a lodo. Mima permaneció todo aquel tiempo acurrucada en una silla, vencida, tapada con una manta que alguien debió alcanzarle, y ella sentada a su derecha sin decir palabra, incapaz de dar consuelo aunque pasándole cada tanto la mano por la espalda, mientras la vecina, a la izquierda, sostenía una infusión ya fría que Mima rechazaba una y otra vez. Nunca había oído un llanto como el de Mima: un lamento casi inaudible, rítmico, sin fuerza, ronco, animal. Los dos hombres jóvenes, el larguirucho de gafas, y otro, moreno, bajito, de cabeza cuadrada, caminaban de un lado para otro, se sentaban, hablaban con los agentes que esperaban el levantamiento. ¿Y el niño? El niño no se veía por ninguna parte. Dónde está el niño, había preguntado Emilia. Se lo llevó una sobrina para su casa. Ese niño había visto todo, había visto despedazar a la pobre Betsy, a quien ella sólo vio una vez en todos estos años. Y el tipo, se había atrevido a preguntar bajando mucho la voz, por dónde había salido si la puerta estaba cerrada con llave. Seguro que por detrás, saltando la tapia, murmuró la vecina, esa lacra, ese vicioso, esa porquería.

Su marido, que no tiene ni idea de que salió con Mima, debe estar preocupado, piensa Emilia antes de arrancar, mientras busca en el carro su teléfono celular, pero no lo encuentra. Trata de pensar dónde lo dejó, pero su cabeza no le responde. Sobre el escritorio, eso debió ser. Intenta orientarse en las calles todavía llenas de gente, aunque es evidente que ya se dispersó la manifestación. El tráfico parece más ligero ahora que va para el norte, de modo que llega a su casa en menos de lo pensado. Son casi las diez cuando entra y sube a trancazos las escaleras, ansiosa por contar la historia de horror de la que ha sido testigo. Pero su marido está tapado hasta la cabeza, y ronca. En la televisión hablan de las protestas, dicen vandalismo, dicen violencia policial. La lámpara está encendida y sobre la mesa de noche Emilia ve la botella abierta y el vaso a medio llenar y comprende. Comerá algo y se acostará en el otro cuarto después de tomarse una pastilla para dormir.

A la hora del desayuno, Emilia busca las palabras precisas, porque no quiere entrar en detalles, sólo dar cuenta del hecho. Otra cosa le parecería obscena. Su marido no da crédito a sus palabras, indaga, se muestra aterrado. Jueputa, dice por fin, con un suspiro, para acabar de ajustar. Y entonces, con la misma parquedad que Emilia, informa: su hermano está en líos. ¿Qué líos? No puede responder a los inversionistas. Todo se fue a la mierda. Están quebrados. Se hace un largo silencio. ¿Y entonces? Pues ni idea qué viene. Nadie sabe dónde está, no aparece. ¿No aparece? Emilia no quiere mostrarse cruel. Especulan. Razonan. Pasado un rato el marido pregunta: ¿entonces Mima no viene hoy?

17

Ocho días después del funeral de Betsy, al que Emilia fue acompañada de Quela, Mima viene a su casa a decirle que se devuelve para su tierra, a vivir con su mamá y con su nieto. Por lo menos durante un tiempo. Quiere irse donde *el desgraciado ese* no tenga modo de encontrar al niño. Hace dos días que cogieron al tipo, pero de aquí a que lo juzguen pasarán meses, y nunca se descarta que lo dejen libre o que se vuele, ese siempre es el riesgo. Tal vez, agrega, reemplace a su madre en la pequeña tienda de abarrotes que tiene desde que Mima era una niña. Su mamá está ya vieja, tiene cincuenta y seis años, le explica a Emilia, que recibe ese dato sonriendo para sus adentros. La madre de Mima es unos cuantos años menor que ella. Y hace cuentas. Si Mima tiene cuarenta, su mamá la debió tener a los dieciséis. En Mima se cumple lo que Emilia ha leído en las novelas: ha envejecido repentinamente. Sigue siendo la misma mujer regordeta, de carnes duras, pero sus ojos parecieran haber crecido en su cara aplanada, que ahora se ve más cetrina, con manchas pardas en las mejillas que Emilia no le había visto nunca. Cada tanto llora, se frota las manos, mueve mecánicamente un pie con una ansiedad dolorosa. Con su letra vacilante firma la liquidación que le tenía ya lista, y recibe el pequeño envoltorio de regalo que le entrega Emilia. No lo destapa, no da las gracias. Cuando la puerta se cierra detrás de Mima, Emilia siente una sensación de desamparo. Los ojos se le encharcan, y no sabe si es autocompasión o una señal de duelo. ¿Qué la unía a Mima? No logra saberlo. Está de muy mal humor, y a la vez conmovida, pero debe ponerse a trabajar. Será la única forma de que el malestar se le pase.

La voz de su hermana suena con tal tranquilidad que Emilia se sobresalta. Hola. Cómo vas. Bien. No es un buen preámbulo. No hay llanto, no hay alteración de la voz, pero hay algo anormal en esa llamada a media tarde. Mi papá se cayó, dice Angélica, estamos en la Clínica del Norte. Voy para allá, dice Emilia, ya salgo. Cuando cuelga, lanza primero una bocanada de aire y luego mete la cara entre sus manos y permanece así, los codos apoyados sobre el escritorio. A veces la vida es una mierda, se dice, todo empieza a salir mal, lo grande y lo pequeño, la torre de naipes se viene abajo. Va hasta su habitación a recoger su bolso. En la televisión se oye el bang bang de los disparos y el crash crash de los carros chocando. Emilia le dice a su marido que su padre está otra vez en la clínica, que sale ya para allá. Él frunce los labios y pregunta qué tan grave es. Eso no se sabe aún, le responde. El marido le pide que lo mantenga informado, por favor.

Descorre un poco la cortina del cubículo de urgencias y entra con sigilo, como si tuviera miedo de encontrar algo pavoroso, y sus ojos se cruzan de inmediato con los de su hermana, que la miran primero expectantes y luego decepcionados, tal vez porque esperaba que se tratara del médico que está esperando. Se saludan con un hola apenas musitado, y Angélica sale a una señal de las enfermeras, porque no se permiten dos visitantes al mismo tiempo. Le explican que en unos momentos vendrán por su padre para llevarlo a rayos X, porque no está claro que tenga una fractura. Pudo ser también un desmayo, o un derrame isquémico, dados los antecedentes.

En la cama seminclinada su padre parece dormir, con la cabeza ladeada sobre el hombro derecho, en una posición que a Emilia se le antoja antinatural, forzada, y con el brazo izquierdo fuera de las sábanas, la mano intervenida por las agujas del suero. A la altura de la clavícula tiene adherido con gruesos esparadrapos lo que debe ser un catéter. Con la misma delicadeza con la que entró, Emilia se ubica a su lado y observa detenidamente su semblante, tratando de medir cuál es su estado. Piensa en cuánto puede cambiar alguien en cuestión de días, de horas, porque el hombre que allí dormita poco tiene que ver con el que dejó de ver hace unos días. La piel se ve terrosa, y tiene los párpados hinchados y la barbilla llena de pelos blancos, recios, descolgada hacia un lado, como si la boca entreabierta buscara aire. No sabe qué hacer, y por eso demora unos minutos ahí parada, quieta, sólo observando, calibrando la magnitud del daño. No sabe si lo sedaron o está así como producto de lo que sea que está sufriendo. Finalmente alarga el brazo, le pone la mano sobre el hombro, pero el padre no responde, no abre los ojos, no parece percibir esa especie de señal, de llamado, de tímida caricia. Entonces se atreve a lo que nunca ha hecho: pasa el dorso de su mano por su mejilla áspera, y se oye repetir, en voz muy baja, papá, papá. Las lágrimas le empiezan a caer por las mejillas, le humedecen el cuello. Su llanto es de compasión. Por él y por ella. Y de dolor. Su padre se está yendo.

Es tarde ya cuando vuelve a su casa, y por eso le extraña ver la luz de la cocina encendida. Te estaba esperando, le dice el marido con un vaso en la mano, y algo en su cara le hace pensar lo peor. Piensa en su padre, en una mala noticia de última hora. Y, casi en forma simultánea, en Pilar, en Sara. No puede ser que la vida vaya a castigarla ahora con una tragedia. Qué pasó, gime, casi sin voz, dispuesta ya a recibir las palabras que van a derrumbarla. Cogieron a Humberto. Eso es lo que oye. Lo que se repite, sin entender. Su cerebro debe hacer un esfuerzo. Humberto. El hermano. ¿Cogieron? Piensa en un accidente, en un carro, en una clínica, en la morgue. Pregunta, y las palabras de su marido le llegan en forma confusa, se van ordenando en su cabeza mientras se sienta en una de las bancas de la cocina, de repente aliviada, suspirando. Allanamiento. Fiscalía. Fraude. Está tentada a decir una pesadez, era de esperarse, pero por qué te sorprendes, quién no lo sospechaba. Pero no será cruel, es innecesario. Sólo dice uf. Qué vaina. Tú qué crees. Lo malo es que ya empezaron a embargarle todo, dice el marido, y tú sabes. No, no sé nada, de la vida de Humberto yo no sé nada, cuéntame. El marido se levanta, va hasta la alacena, saca la botella y se sirve otro whisky. Sírveme uno a mí, dice Emilia. Vengo devastada. Pero su marido no oye, está concentrado en su propia tragedia. También su cara ha cambiado, como la de su padre, piensa Emilia. Hay algo desencajado en ese rostro, y la boca tiene un rictus extraño. Pues que yo metí ahí todo, Emilia. Mis cesantías. Y las tuyas. Emilia ha juntado las manos frente a su cara, como si estuviera rezando. Las mías, dice, primero como repitiendo de forma maquinal esas palabras, después alzándolas en una pregunta incrédula. ¿Las mías? A Emilia nunca le ha importado mucho el dinero, pero entiende que esto es otra cosa. Se echa un poco para atrás y aprieta los labios, sintiendo cómo la ira se va superponiendo a su cansancio y su tristeza. Entonces tengo que pedirte algo, dice el marido. Tartamudea, vacila. Sabes que debemos todo esto... No termina la frase, pero por su gesto abarcador Emilia comprende. Precisamente, mientras oía a su marido se ha quedado, sin querer, mirando la estantería, su balance perfecto, el efecto del ocre. Habana viejo, decía el catálogo. Y bueno, añade él, al fin y al cabo te ganaste ese premio, y te va a llegar una buena plata. ¿Quééééé? Por la cabeza de Emilia pasan veloces las ideas antes de beberse de un trago lo que queda en el vaso. Entonces, primero en voz muy baja, como si temiera que alguien que no sea su marido pudiera oírla, y luego subiendo el tono, pero tan sólo un poco más, su furia se concreta en palabras que van saliendo más rápido de lo que quisiera, independientes, filosas, cargadas de electricidad, decididas a desatar la tormenta postergada, a hacerla estallar en rayos y truenos que hieran y destruyan, como aquella vez con su madre, también en una cocina. Se oye decir descarado, infame, indelicado, traicionero, mentiroso. Y sin saber cómo, después de aquella catarata iracunda, empieza a desgranar el inventario que sin darse cuenta ha ido haciendo durante meses, y se oye hablando de amor, de frustración, de tristeza, de Pilar y también de Pablo, y cuando dice ese nombre siente que algo ahoga su voz, la avasalla, la quiebra. Y entonces se silencia, vencida por la desolación, por el llanto y por una aterradora sensación de fracaso.

II

Se despierta sobresaltada y mira la hora en el celular. 3.12. Las tres es la hora fatal de sus insomnios. Se incorpora con una sensación de ahogo, hunde su mano entre los senos y comprueba que está empapada en sudor. De una sola vez se bebe el resto de agua de su botella. Trata de recordar el sueño que la devolvió a la vigilia con un malestar incontrolable, y poco a poco emerge de la oscuridad de la memoria la imagen de un hombre colgado de un árbol. El recuerdo vuelve a mortificarla, porque ahora un detalle se ha despejado dentro de su cabeza: la mirada. Sí, la mirada vacía del ahorcado fija en la suya. Tantea hasta encontrar la luz de la lamparita, que ilumina el techo de la cabaña cruzado de vigas, sintiendo cómo el corazón golpea, descontrolado. Va hasta el cuarto de baño y allí se quita la camiseta que le sirve de piyama y entra a la ducha, que tiene una claraboya por donde se ve una luna inmensa, de un color cremoso que nunca tiene en el cielo de Bogotá. El frío del agua la sacude y logra que poco a poco se recupere del ataque de ansiedad. Los conoce bien, porque empezaron a darle después de la muerte de Pablo. Asfixia, hipotermia, sensación de estar muriendo. En la nevera no hay más agua, sólo dos botellitas de whisky. Como el agua del grifo no es potable tendría que bajar a pedir una botella, porque no hay teléfono para comunicarse con el lobby del hotel. Maldice, siempre le pasa lo mismo. Su hermana habría traído una buena provisión, eso es seguro. Destapa una de las botellitas de whisky, abre la puerta que da al pequeño balcón y envuelta en la toalla se sienta a contemplar lo que ya sabe que es la llanura, convertida ahora en una masa oscura, rota tan sólo por las luces titilantes del pueblo en la lejanía. Un pueblo caótico, pobre, como casi todos los de este país, pero con una plaza digna, una iglesia color rosa y un parque con una bella fuente y árboles que dan sombra a la hora atroz del mediodía.

Agradece que la hayan alojado allí, en aquel lugar campestre, y no en un hotel de esos que intentan ser muy modernos, en pleno centro. El baño le ha hecho recuperar la serenidad. Es más: la brisa insólitamente tibia a pesar de la hora y el silencio absoluto que la rodea, interrumpido apenas por los sonidos muy leves de los insectos de la noche, la van devolviendo poco a poco a esa sensación de plenitud que llega siempre, tarde o temprano, en medio de sus viajes, cuando de vuelta del mundo abigarrado de emociones y esfuerzos en el que debe sumergirse para hacer su tarea de reportera, finalmente se encuentra con la soledad de sus cuartos de hotel, impersonales y liberadores. En su cabeza se superponen, todavía con cierta intensidad, las imágenes del viaje que ya parecieran remotas; entre ellas se impone, punzante, la de la pequeña kiwani de cara chupada y piel reseca, que no podía mantener erguida la cabeza. Tenía la barriga inflada y la mirada perdida, como la del ahorcado de su sueño, y era claro que su estado era muy grave. Emilia le había calculado diez meses, pero luego se enteró de que acababa de cumplir dos años. La madre, que parecía una adolescente a pesar de sus pechos de vieja, había perdido hacía poco al niño mayor. ¿De qué? Sólo se puso malito, era todo lo que lograba explicar en un español enredado mientras esperaba la lancha que la iba a llevar al centro médico. Desnutrición, aseguró sin sombra de duda el joven indígena que los había estado acompañando durante los últimos cuatro días. De eso se mueren todos los niños de por aquí. ¿No le había visto a la niña el pelo rucio y opaco, los bracitos con la piel descascarada? Emilia cargó con esa imagen, como con una piedra en el pecho, durante las seis horas eternas de su regreso en el jeep Wrangler, que primero sorteó unas trochas imposibles y luego se deslizó monótonamente por una carretera que parecía recién hecha, desde la que alcanzaban a ver los morichales y una que otra danta en las aguas limpísimas, salpicadas de garzas. Que esas sabanas en unos dos meses iban a estar inundadas, les explicó el chofer, que fungía de guía turístico y recitaba sin parar nombres de árboles y de ríos, como debía hacer siempre que llevaba forasteros. Esas llanuras inmensas la habían hecho pensar en una de las formas de la eternidad, en el viaje levísimo y monótono que deben emprender los muertos ya liberados del yugo del tiempo, de las tareas y de las penas que acarrea estar vivo. A la llegada se despidió del fotógrafo, que iba para otra zona a tomar fotos de las faenas con el ganado y de las riñas de gallos, y se refugió en la habitación del hotel buscando silencio y descanso, que era exactamente lo que quería.

En su mente ya reposada se hace de repente la luz: la mirada del sueño era la de su padre en el instante en que dejó de ser ya él, y también de ser su padre y el viejo gruñón que a veces era, y el hombre abatido de los últimos años, y los muchos hombres que fue a lo largo de su vida, entre los que se contaba el niño que Emilia ni siquiera lograba imaginar, y del que sólo tenía una imagen, la de la fotografía de la primera comunión con un cirio en la mano. El pelo rizado, los ojos enormes. Los mismos que anclaron en los suyos a la hora de la muerte, de repente opacos, todavía en un umbral pero mirando ya hacia adentro, hacia la oscuridad de su cerebro. No me gustan las noches, había musitado unos días antes de que su lengua pasara a ser un órgano muerto, que se debatía inútilmente dentro de la boca de labios resecos, por los que Emilia y su hermana pasaban una esponjita humedecida con agua. Durante los cinco días de su agonía ellas habían seguido con atención la mirada del padre, tratando de adivinar lo que iba queriendo decir. Cansancio, dolor, estupor, miedo, todo eso expresaba la mirada, que de repente se había hecho infantil, como el sollozo inesperado con el que de pronto pareció aceptar que se estaba hundiendo definitivamente en el pantano de la muerte.

Ya. Esa fue la palabra, dicha en un susurro, con la que la enfermera la despertó de su semisueño. Ya. Emilia no había visto morir a nadie, ni siquiera a su madre, y sin embargo reconoció eso que llaman estertor, una palabra tan precisa para ese ronquido del pecho acezante, que subía y bajaba en una última lucha por encontrar el aire, mientras la muerte trepaba ahora con decisión, dejaba atrás los pies, luego los muslos y el vientre, y apagaba poco a poco la respiración. En la garganta algo pugnó entonces por salir, una burbuja de aire que se reventó con un quejido apagado mientras los ojos se abrían, todavía del lado de la vida, antes de que la última luz buscara los ojos de Emilia, que se aferraba a su brazo, papá, no te nos mueras. Ese raro plural que la hizo vocera de sus hermanos todavía le extrañaba.

Que le hubiera tocado a ella verlo morir y no a su hermana había sido una broma cruel del destino, pues habían acordado relevarse de modo que Emilia pudiera ir el viernes en la noche a recoger su premio. Pero el padre había expirado el jueves de madrugada porque, según esa ley infalible que Emilia creía haber descubierto, todo el mundo se muere en un momento inoportuno. Para el entierro, Emilia decidió entonces estrenarse el sencillo vestido negro que se había comprado para la ceremonia de los premios, y que había buscado por todas las tiendas en un rapto de vanidad. Gracias a esa triste paradoja se había sentido, por primera vez en mucho tiempo, a la vez elegante y atractiva, renacida a pesar de la tristeza.

Ya. Siempre hay un ya. Cuando cerramos una puerta, cuando damos la vuelta después de una despedida, cuando terminamos un trabajo de horas o meses o años, cuando cae un telón. «La muerte nos hace entender que a partir de cierto momento ya no podemos poder», había leído alguna vez Emilia, que, como casi todos, se había preguntado cómo sería la suya, y, sobre todo, si sabría aceptarla con reciedumbre o si se entregaría al pánico o a la desolación. Quería creer que la última mirada de su padre había estado libre de miedo. Pero no estaba segura. La muerte no es algo natural, con lo que podamos pactar, piensa Emilia mientras oye los infinitos ruidos de la noche llanera, sino algo ajeno, que nos habla con un lenguaje que no entendemos.

Lloró más a su padre que a su madre, y todavía no entiende bien por qué.

La muerte ocurrió a las 4.10 de la madrugada. Así quedó consignado en el acta de defunción. Antes de las cinco llegó a la clínica su hermana, doblegada por el dolor y la culpa, preguntándose a cada momento por qué la vida la había privado a ella, que llevaba no meses sino años pendiente de su padre, de acompañarlo a morir; un poco más tarde llegó el marido; Luciano avisó que iba a demorarse, pues en ese momento estaba en la remota Abu Dabi. Una vez recuperada del llanto, la hermana se hizo dueña de la situación y empezó a dar órdenes. Dijo que quería hacer una misa, que su padre debía ser enterrado y no cremado, y que quería vestirlo con vestido de paño y corbata. Abatida por la pena, por los asuntos prácticos que demanda una muerte y por las discusiones con su hermana, hubo un momento en esa mañana en que Emilia pensó que habría sido mejor que la muerta fuera ella. Dos días después, cuando ya todo había terminado, llegó Luciano y se encontraron en la casa paterna. Se abrazaron, sollozantes, y por unos segundos Emilia tuvo la sensación de que ella y su hermano volvían a ser cercanos, como en la adolescencia, antes de que un ramalazo de lucidez la alertara de que lo más posible es que a partir de ahora se vieran aún mucho menos.

Sentada en aquel balconcito exiguo, Emilia se pregunta, no sin horror, por qué no siente ni pizca de culpa de haber viajado apenas semana y media después del entierro, dejando solos a sus hermanos al frente de esa realidad engorrosa que se abre después de una muerte, pues ni siquiera ese evento definitivo se libra de la cola de trámites, de rituales, de tareas difíciles que impone la vida en sociedad. Ni de no contestar los whatsapp de su hermana, de su marido, y ni siquiera de sus amigas, que le ponen mensajes cariñosos. ¿Se creerán la mentira de que por allá nunca entra la señal de los celulares?

Siempre fue buena para huir, y mala para persistir en la huida. Porque durante mucho tiempo no pudo deshacerse de la otra, de la que quería complacer, de la que sentía lástima, como su hermana, de cualquiera que hiciera un gesto parecido al perdón, de la que ahogaba su sensación de atrapamiento en las burbujas de sus viajes y en la liberación de sus textos, pero que estoicamente regresaba y se reacomodaba en el tibio nido de su desdicha cotidiana. Cuántos años le tomó dejar de sentirse esclava de la culpa. Culpa por odiar a la madre, que la mandaba callar con los ojos en las visitas familiares; al padre, que la cercaba con sus prohibiciones y la humillaba con sus castigos; a la pacata de su hermana, que la juzgaba por ser expansiva y provocadora y por enamorarse de tipos indeseables. Ay, la culpa por enamorarse de más, por no estar a la altura de lo que esperaba el marido, por ser arisca, ríspida, obsesiva. Por haber permitido que Pablo muriera, sobre todo por eso. Tal vez haberse acomodado, resignado, claudicado, haber hecho de la insatisfacción una segunda piel, otro modo de respirar, no había sido sino una forma de expiar esa culpa. Y así se le fue yendo la vida, distrayendo sus penurias, sublimando sus pesares. Y construyéndose una coraza que la protegiera de la realidad pero también de la amargura. ¿Qué había perdido por el camino? La frescura de otros tiempos, la pasión de los treinta, la disposición al cambio y a la felicidad que tuvo tantos años. ¿Y qué era lo feo que en ella veía su hija y que ella no lograba ver en los espejos en que se miraba cada día?

Hace tiempos que Emilia logró desterrar la culpa de su vida, pero no el desasosiego, la inestabilidad interior, un descontento que desata a menudo la tristeza. Por eso le extraña que en este momento, después de ese sueño perturbador, esté poseída por la sensación de ser enteramente ella, autosuficiente y rotunda, y a la vez, como si no tuviera bordes, de estar fundida con la noche, como un árbol más en medio de ese mundo sin horizonte.

Aparentemente Luciano se encargará de lo económico, según voluntad del padre, que sin duda dejó todo en regla y también un testamento que asegura que todo el proceso de legar sus bienes transcurrirá de un modo ligero, sin fricciones. Dinero. En eso no había pensado, y esa idea que ha venido de forma repentina a su mente la avergüenza, porque creció en una familia donde de eso no se hablaba por considerarlo de mal gusto. Su padre hizo una fortuna mediana, y si todo transcurre de manera normal, algo importante le corresponderá, sin duda. A pesar de sí misma, de sus escrúpulos, no puede evitar que se desencadenen fantasías y se vea en una casa imaginaria de un país imaginario, rodeada de paredes blancas, una casa liviana como una nube, vacía como una burbuja de agua, reparadora como una pausa. De inmediato se avergüenza de esa imagen manida, de novela barata. Y, como para contrarrestarla, se anticipa a la llegada. La sola idea la descompone. Imagina desde ya las presiones de su hermana, las dificultades para concretar a Luciano, las ironías de su marido que asistirá gozoso a los conflictos y la devastación. Y su inevitable pregunta: ¿ir a esas lejanías sí valía la pena? En el velorio lo vio siempre sonriente, yendo de un lado para otro, conversando con los conocidos de manera animada, como el anfitrión de una fiesta exitosa. Cuando volvieron a casa fue directamente a su computador y allí seguía cuando Emilia se abandonó por fin al efecto de los somníferos.

El sueño empieza ya a aparecer.

Y si no volviera, ¿quién la echaría de menos? Y ella ¿qué echaría de menos? Cierra las puertas del balcón, corre las cortinas blancas y livianas y se acomoda debajo de la sábana. Pero su cabeza ha vuelto a encenderse, y no precisamente con la ansiedad que le causan sus fantasías anticipatorias, sino de otra manera: la del que de pronto fija su mirada en un punto y, en un rapto de lucidez, descubre todas las coordenadas, las múltiples causas y efectos que lo determinan y le dan sentido. Pero es verdad que está un poco borracha. O tal vez sólo alivianada por el alcohol. Y por algo más: una sensación similar a la que sintió alguna vez, cuando era niña, y salió corriendo de su casa, sin miedo, sin rabia ya, sintiéndose libre de reglas y amenazas y castigos, pero sobre todo de la mirada opresiva del padre. No quería volver a ver esa mirada, ni en sueños, ni en la memoria, ni en otros, en ninguna parte.

Le costó abrir los ojos, saber dónde estaba, entender qué día era. Los golpes sonaron suaves pero persistentes. Dio un brinco, miró su teléfono, abrió la puerta sólo un poquito pero sabiendo por fin qué estaba pasando. El conductor la está esperando hace media hora, dice el botones en un susurro, no se habían atrevido a tocarle, pero finalmente se preocuparon. Sí, buenos días, dígale al conductor que en veinte minutos estoy abajo, me quedé dormida. Cierra la puerta, y en vez de apurarse se sienta al borde de la cama. Su pensamiento mágico se ha activado otra vez. ¿Y si todo esto es una señal, un llamado? Me estoy volviendo boba, piensa Emilia entrando a la ducha, pero morosamente, sin decidirse del todo, hasta que el agua la acaba de despertar de un cimbronazo. Sale con la cabeza mojada, se recoge el pelo con una hebilla, se viste de prisa y va metiendo sus pocas cosas en la maleta, pensando que daría lo que fuera por un café. Pero son las nueve y media y el avión sale a las diez y cuarenta y cinco. Todo aquí es cerca, se dice, en quince minutos estará en el aeropuerto, y por eso se sorprende cuando el conductor le explica que son veinticinco minutos yendo a buena velocidad, recuerde doña Emilia que viniendo nos demoramos más de media hora. Pero voy a intentarlo, a coger la variante, tal vez por ahí nos vaya mejor.

Por la mente se le pasa llamar a su marido, pero algo la detiene. ¿Va a contarle que va tarde para el aeropuerto, que se quedó dormida, que puso mal el despertador, para arriesgarse al reproche, a la monserga, a las palabras impacientes? Si no llega, no llega, y qué.

¿Qué esperabas, Emilia? ¿Que detuvieran el vuelo por ti, que te dejaran pasar saltándote todas las reglas? El aeropuerto es exiguo, una construcción casi rústica, aireada, por fortuna. Desde donde está oye los motores del avión, cómo se aleja sin ella. Pero no va a preocuparse, ni siquiera a impacientarse: será apenas una hora de espera para que la embarquen de nuevo, en otra aerolínea, eso sí, en la que nunca ha viajado. Saca su teléfono, y allí está el mensaje de su hermana: al fin qué, ¿llega hoy? Tenemos líos con la enfermera. Líos. Abre las páginas del periódico, se sumerge en ellas a pesar de que las noticias son siempre las mismas, ayer, hoy y mañana. Líos. Y en esas recibe una llamada. Es Pilar. ¿Qué puede querer Pilar un sábado a media mañana? Tarda un poco en comprender. Del otro lado la voz suena entrecortada, mamá, me oyes, preguntando si ya volvió, si puede hablar, y ella que sí, que está en tránsito pero que tiene tiempo, y entonces Pilar suelta por fin el llanto, estoy... dice, y Emilia piensa en enfermedades, clínicas, accidentes, en todo lo que una madre piensa mientras un hijo llora al otro lado del teléfono, y un escalofrío la recorre mientras oye: muy triste..., y Emilia, conteniendo el volumen de su voz, qué pasa, Pili, pordiós, no me asustes, ¿es Sara? Entonces se hace un silencio, será que esta mierda se cortó, Pili, Pili, estás ahí, y Pilar desata por fin las frases, es que me estoy separando, Roberto se fue hace dos días, y no, no hay vuelta atrás, eso ya estaba mal hacía mucho, y es mejor así. Quieres que vaya, pregunta Emilia, tímida, tal vez ya arrepentida, pensando en lo engañosa que puede ser la realidad, pero Pilar contesta que tal vez no sea necesario, que no se preocupe, que sólo quería que ella fuera la primera que lo supiera. Te quiero, mamá, le dice antes de colgar, y Emilia respira hondo. Hace tanto tiempo, tanto, que necesitaba oír algo así. Yo también te quiero, dice, con la voz a punto de quebrarse. Te llamo esta noche. Y sólo ahora comprende —qué tarde— que, a pesar de todo, lo que siempre la consolaba era saber que Pilar estaba bien.

Es una lástima que no le haya tocado ventanilla, porque el cielo está de un azul limpísimo, hermoso. Antes de embarcar echó un vistazo a los pasajeros: dos turistas gringos con sus morrales, hombres gruesos con camisas blancas y holgadas, dos jóvenes indígenas, un cura. No son más de quince. El pequeño avión se alza con fuerza, toma altura, y el sonido de los motores se aplaca, casi desaparece. Emilia cierra los ojos y se dispone a descansar durante la hora que tiene por delante. Y la vida que tiene por delante. De qué será capaz esta vez, se pregunta, y todas las vergüenzas y los miedos de años parecen evaporarse, y sólo nota un rastro de tristeza ahora que por fin parece que le han salido alas. Puede sentir sus latidos, cada vez más fuertes, ahora que los motores han empezado a sonar distinto, y que el avión parece esforzarse en seguir subiendo, que se desprende de golpe, sólo para volver a intentarlo, y que su vecino que venía dormido se despierta sobresaltado y empieza el vértigo en medio de un silencio enorme, un silencio profundo que lo invade todo, ni una respiración ni un susurro, sólo su corazón desbocado, y ella piensa otra vez en esa casa blanca, sin nada en las paredes, una casa como una nube, una burbuja de agua, una pausa, y una pregunta la asalta, zumbando, antes de desaparecer en su cerebro: ¿valió la pena?

Este libro se terminó
de imprimir en
Móstoles, Madrid,
en el mes de
marzo de 2022